花給樹梢染上絢爛

沾零——著

「一冬呀，快點！快點來廚房把菜端出去！」趙河站在廚房門口，扯開嗓子往外喊，過沒多久，只見一抹身影從客廳蹦蹦跳跳地跑過來，挾著清脆高昂的嗓音：「我來了——我來了——」

趙河不禁扶額，「我有聽見了，妳別一直喊，喊得妳爸頭痛！」

趙一冬跑進廚房，向趙河吐吐舌，同時視線飄向餐桌，「哇，今天都是我喜歡吃的菜！」她驚呼道。

「還有我最愛的糖醋排骨！」她吞了口口水，興奮說著：「果然上大學以後，除夕夜的菜色就變豐盛了，嘿嘿。」說完，她迫不及待，伸手抓了一塊送入口中。

趙河一詫，旋即失笑：「喂！這麼沒教養，真不知道是誰教出來的……唉。」

她竊笑兩聲，嚼了幾口，擺出享受的表情，感嘆道：「我爸做的糖醋排骨真的是史上最好吃的啊——怎麼會有這麼美味的食物呢？」她擠眉弄眼，很是搞怪，最後忍不住自己笑了出來。

趙河拿她沒辦法，笑著嘆了口氣，開口：「好了好了，就算妳現在說再多甜話也沒用，今年的紅包還是一樣的錢——」

趙一冬微張開嘴，「天啊！我都已經大一了，老爸你還這麼小氣啊？」

趙河噗哧一笑，「妳還知道妳已經是大學生了？幼稚得像什麼一樣——」說完，他揮揮手，「好了，別再玩了，快點端出去，等我把這裡收拾好就能開動了。」

趙一冬笑著點點頭，先是將沾滿醬汁的手指用舌頭舔了幾下，這才小心翼翼地把菜一一端起來往客廳走去，留下趙河在廚房裡收拾善後。

趙河站在流理臺前擰乾抹布，細心擦拭做菜時留下的油汙。心裡再次想起趙一冬方才的俏皮模樣，無奈又好笑地搖搖頭。

妻子生下趙一冬後便因病而逝，留下趙一冬和他兩人一起生活。雖然聽起來有些淒涼，這樣的生活卻意外過得非常幸福。

趙一冬從小就開朗活潑，整間屋子總是充滿她的歡聲笑語，一點也不冷清，反倒熱鬧非凡，雖然今年她去了北部唸大學，但放假時還是會回南部陪伴自己這個老人家——想到這裡，趙河再次笑了。

坐在餐桌前，他們一邊看著電視裡播的除夕特別節目、一邊用餐。

「爸，最近補習班還好嗎？」趙一冬夾起一塊肉送入口中，嚼了幾下，問道。

「嗯，馬馬虎虎吧！附近又多了幾家競爭，不過我們可是有口碑的，不用太緊張！」

一說起自己的事業，趙河的雙眼不禁閃爍光芒，那可是他最津津樂道的人生事業——大學畢業後他便一腳踏入補教界，當了幾年的導師便籌錢自己開業，經過幾年的奮鬥打拚，逐漸做出口碑，學生數量也多了起來。

「嘿嘿，那是當然的囉！我爸爸可是最棒的。」趙一冬瞇起眼，笑得燦爛，眼神裡滿是崇拜，嘴邊兩圈梨渦隱隱浮現。

突然，想到什麼似地，她開口：「說到補習班，我就想起你很喜歡的那個學生，他叫俞……

俞……」她偏了偏頭，記不得他的名字。

「俞斯南？」趙河輕聲提醒，接著笑道：「原來妳還記得他！他來我這補習的時候，大概就是高二吧，那時妳才剛上小學呢！五年前過年時他還有來過我們家，不知道妳記不記得。他長得又帥、又很有自己的想法，現在在臺北教書，一定很多學生喜歡他——」

「停、停、停！這些話你講過很多次了啦！」趙一冬急忙喊停。

趙河心虛地眨眨眼，扒了一口飯，說道：「好啦！不過我真的很喜歡他這個學生。很少有學生畢業之後還會一直跟老師聯絡的——何況我才教他一年。」他話語裡充滿了對這個學生的欣賞與喜愛。

面對這樣的爸爸，趙一冬突然不知道該說些什麼了，於是乾笑幾聲，隨口說道：「話說回來，他人也在臺北啊？說不定我們會在路上遇到呢。」說完之後，趙一冬再也不知道該說些什麼了，只好傻笑著繼續扒飯吃。

其實就算遇見了，她大概也認不出他吧。

因為在她的記憶裡，對於俞斯南這個人的印象極為薄弱。就算五年前他有來拜訪過，那也是五年前的事情了，那時候她特別怕生，家裡有人來她躲的比誰快，怎麼可能會記得他啊？

趙一冬只記得他長得很高、姓氏很特別、聲音很好聽、爸爸很賞識他——除此之外，她什麼也不記得。

這時，電話突然響了起來。

趙河放下手中的碗筷，走過去接電話。只聞電話那頭，聲音緩緩傳來：「您好，請問是趙河老師嗎？」聲音富有磁性，還帶了點冷意。這特別的嗓音，趙河幾乎是一瞬就認出對方——「天啊！斯南，是你嗎？」

電話那頭沒什麼情緒，「對。老師，祝您新年快樂。」他不疾不徐地答道，語氣平淡卻不失恭敬。

「最近過得還好嗎？五年沒見了！」趙河興奮地嚷著，俞斯南只是淡然答道：「還可以。」

「真是太巧了，前一秒我還跟一冬談到你呢——啊，你還記得一冬吧？我的女兒。她今年上大學，去的也是臺北，也許日後你們會在路上相遇呢！」趙河不停地說著，吵吵鬧鬧。

俞斯南臉上泛開一絲淡淡的笑意，「嗯。我記得。」

接著，彼此又噓寒問暖幾句，將電話掛斷的時候，桌上的菜早已涼了一半。

男人坐在家裡沙發上，將話筒輕輕掛上。耳畔沒了趙河的喊叫，一瞬平靜了下來。突如其來的靜默讓他有些不適應，他走向陽臺，往下一望，只見街道上空無一人，和平時人來人往的街景大相逕庭——是呀，今晚可是除夕夜，家家戶戶是要圍爐的。

俞斯南站在陽臺上，百無聊賴。他輕輕呼出一口氣，眼前空氣凝結成白霧。

「這真是太巧了，前一秒我還跟一冬談到你呢——啊，你還記得一冬吧？我的女兒。她今年上大學，去的也是臺北，也許日後你們會在路上相遇呢！」腦海響起方才趙河對他說過的話。

對於趙一冬這個人，俞斯南還依稀記得她嬌小瘦弱的模樣。

五年前他去拜訪趙家時，偶然發現了從客廳門後悄悄觀察他的趙一冬，躲在門後那雙清澈大眼咕嚕咕嚕地轉，一發現他正在看她，便一溜煙地跑走。

那個擁有清澈雙眼的女孩，迄今變成什麼模樣了呢？

一如既往地清澈嗎？還是已被現實的黑暗，汙濁了雙眼，就像當時那個也同樣擁有清澈雙眸的自己，後來變成了這副德性……

沒來由地，他排斥去深入思考這個問題。這個問題太殘忍了。

——慶幸的是，世界是絕對不會那麼小的。

＊＊＊

然而悲慘的是，俞斯南想錯了。世界的確是有那麼小的——在結束那通電話的幾個月後，俞斯南才終於領悟了這一點。

當俞斯南推開大門的時候，不自覺睜大雙眸。

女孩穿著桃紅色的羽絨外套，連帽子也拉了起來，整個人包得密不透風，只露出一張通紅小臉。她發著抖，低頭不敢看俞斯南。

俞斯南很快便斂去臉上的驚詫，問道：「妳是……」

「嗨，俞、俞斯……斯……呃，對不起，我忘記你的名字了。」女孩的視線胡亂飄著，始終看著地板。

沉默了半晌，她長吁了一口氣，像是一鼓作氣，「好久不見，不知道你還記不記得我，我是趙河的女兒……趙一冬。」說完，她帶著一點遲疑，緩緩抬起頭來。

被寒風吹得紅通通的小臉望著俞斯南。她感到忐忑，咬住自己的下唇，接著尷尬笑了幾聲。

見他沒反應，只是冷然盯著她瞧，她只好又試探性地笑了幾聲：「哈、哈……哈……」

俞斯南仍始終是那個表情，一聲也沒吭。

她也沒話可說了。

風呼呼地吹，好像有點冷。再不進去就快凍死啦！她在心底吶喊。

最後，「嘿，你能不能先讓我進去？」她終於忍不住了，厚臉皮地開口。

──現在到底是什麼狀況？

這句話是趙一冬進到俞斯南家中後，萌生的唯一念頭。她腦袋一片空白，雙眼直直盯著俞斯南瞧。

俞斯南坐在沙發上，泰然自若地啜飲手中那杯咖啡，又伸出舌頭舔舔唇，唇邊的每一滴灑漬捲入口中。

他終於昂起臉，望著面前一臉呆滯的趙一冬。

一觸及他的視線，趙一冬渾身一顫，差點沒從椅子上跌下來。她反覆乾笑，揉揉自己快凍僵的手，問：「……嘿，你不問我要幹嘛嗎？」

俞斯南沒有說話，只是默默看著她。

一秒，兩秒，三秒，他啜了一口咖啡。

一秒，兩秒，三秒，他舔舔唇，終於開口：「說吧。」

其實他一直都在等她自己說。

他的聲音仍是她記憶裡的那樣好聽——趙一冬失神了，等回過神來的時候，話已經到了嘴邊：「我找了一整天，附近的飯店都沒有空房了，我真的好累，腿都快瘸死了。之前爸爸有跟我講你在臺北的地址，我又剛好在你家附近，所以我就來找你——」

俞斯南聽了，臉上終於浮現一絲困惑。

「我、我不想讓爸爸知道這件事，所以……」趙一冬突然沒了底氣，心虛地低下頭。

「妳走吧。」俞斯南隱約猜出她來拜訪他的目的。即使猜錯也無所謂，總之他並不想惹上麻煩。

趙一冬驚訝地抬起頭，「好歹看在我們的交情上，收留我一晚也好啊……一晚就好了，真的！好不好嘛、好不好嘛？」趙一冬看著俞斯南，有些激動，滿臉漲紅。

俞斯南輕蹙起眉。她和他哪來的交情？充其量也只是幾面之緣而已。果然是這種荒唐的要求。而他看得出來，她的確會是個大麻煩。

所以，「不好。」他答，杯裡咖啡已涼。他有些嫌惡地放下咖啡杯，接著抿嘴沉默。

就算趙一冬神經再大條，她也看得出來眼前這個男人對自己很是反感。

但她在臺北無親無故，找了一整天的飯店、吹了一整晚的寒風，腿都快抽筋了、身上也沒有半毛錢了，這樣的狀況下她還能走多久？眼前能依靠的就只有這個男人了。

「我可以借妳電話。」俞斯南說，「打給妳爸。」他頓了頓道：「或是我幫妳打。」

趙一冬聽了，雙眼瞪大，整個人慌了，雙手在空中不停胡亂揮舞，「不行不行不行……不可以啦——」她站了起來，準備往外走，「我走，我真的要走了。但你不要告訴我爸，拜託——」

俞斯南淡然地望著她，一聲也沒吭，就這樣看她走向大門。她臨走前還不忘高聲提醒：「真的不可以說哦！我們說好了！」

俞斯南還是沒說話，卻看她嬌小的身影在門口磨磨蹭蹭。

趙一冬凍僵的手在門把上使勁吃奶力氣往下壓，卻怎麼樣也打不開，她又往上抬了幾下，只覺得手指凍得疼。

總覺得背後有一道灼熱的目光盯著自己，她只覺得毛骨悚然……滿腦子想著要快點離開，越來越緊張，開門的動作也越來越粗魯莽撞。

她一點也沒變，俞斯南忍不住想著。她仍是那個稚氣未脫的小女孩，閃著清澈的目光。

此刻看著趙一冬，俞斯南突然覺得這個世界一直都沒改變過，只有自己變了，而且變得很可怖。高中那段時光是他不願去回想的陰影。

她突然驚叫：「哎呀！」伴隨驚聲而來的是東西掉落地板的清脆聲響。

俞斯南的表情終於有了明顯的變化——「妳做了什麼？」他問。

小小的身影大大地一震，她呆站在原地盯著在地板上滾動的門把，一臉錯愕。

俞斯南站起身，長腿一邁，走向趙一冬，一冬聽見背後漸趨逼近的腳步聲，整顆心不受控制地猛烈鼓動。

她試圖從一片混沌的腦袋裡找出可行的藉口——但已經來不及了，她盯著地上的門把，視線範圍裡驀然出現一隻手，男人的手指修長纖細，輕輕將門把收攏手中。

好美的手呀——趙一冬心中感嘆著，然而她忽略了此刻並不是想這個的時候……

俞斯南看了看手中的門把，又瞟了一眼趙一冬，「我待會打電話給妳爸，請他賠我一個門把。」冷冷地，他說。

趙一冬傻了，瞠圓雙眼，「你說什麼？你不可以不守信用，你答應我不說的——」

俞斯南絲毫不理會她的哀嚎，只是對著沒了門把的門推拉幾下，門便開了。

「那麼，門把的事就算了。妳趕緊離開吧。」俞斯南一邊說著，一邊將門推得更開。

一陣冷風襲來，趙一冬忍不住地顫抖，牙齒因為發顫而發出碰撞的清脆聲響。她抖得厲害。

「我、我一出了這個門，會發生什麼事誰也不知道哦！」孤注一擲，趙一冬開始試圖說服俞斯南，「唯一知道的是我會睡在路邊，吹一整晚的冷風，或是在一個貼滿『色狼出沒，請小心』的公園裡面！」

「會發生什麼事誰也不知道哦！真的！」她癟起嘴，再度強調，「萬一，我說萬一啦，我發生什麼不測……」她頓住，忽然露出一個狡猾的笑容。

「嗯？」俞斯南沒什麼動搖，只是輕問。

「到時候我爸知道我發生不測是因為你拒絕我的請求，那會怎麼樣呢？我爸那麼喜歡你，一定會對你很失望的！」她笑得燦爛，臉卻因為不斷吹來的冷風而僵著。

俞斯南沒有說話，只是目光沉沉睇著趙一冬。他只穿了件POLO衫，站在寒風中卻絲毫沒有動搖，好像一點也不冷。

最後，俞斯南嘆了口氣，接著開口：「孤男寡女……一整晚。愛女心切的趙老師……嗯，我可擔不起這個。」

趙一冬傻住了。

趙河這個人可是出了名的女兒奴啊——想當初高中有個男生拚命對她獻殷勤，最後被趙河罵得慘兮兮，這件事傳遍整個社區，就連路邊的阿狗阿貓都知道了，甚至整整一個學期沒有男生敢跟她說話！就算今天俞斯南是爸爸的愛徒，也很難保證爸爸知道這件事後不會發作啊！趙一冬不禁扶額。

糟糕，她再也想不到可以說服俞斯南的方法了。

「不過，我相信妳。」突然，俞斯南這麼說道。

趙一冬雙眼放光，聽他這麼說，難道是願意收留她了嗎？

「我相信妳——這麼厚臉皮，不會讓自己發生不測的。」俞斯南的聲音帶著冷意，硬生生澆熄了趙一冬的希望。

趙一冬覺得自己很丟臉。此刻，她坐在俞斯南的家門口外面，瑟瑟發抖。

看來只能打電話給爸爸了嗎？她摀住自己的臉，又搓揉自己已經快要凍僵的手，她覺得這是她人生中最冷的一個冬天，沒有之一。

自己到底怎麼會淪落到這種地步呢……明明是滿懷期待來到臺北，才讀了一個學期就被退學。

那個女孩掛著熱淚望著自己的模樣又重新浮上趙一冬的心頭，女孩每一絲的抽噎都如同針刺扎在趙一冬的心上。

那個女孩的痛楚是趙一冬什麼也賠不了的，趙一冬知道自己只能一輩子活在對那女孩的歉疚之中，這就是自己唯一能贖罪的方法……

心尖蔓開一股深沉的悲痛，趙一冬舔了舔自己已經乾裂的唇，舔到了一絲血腥。她站起身，用冰得麻痺的手拍掉自己褲子上的灰，走向街道，任由冷風呼呼地吹。

也許是風的緣故，她覺得自己的眼眶充滿了水氣。

＊＊＊

俞斯南瞟了一眼手中的門把。

其實這門把最近就有些鬆了，不修理遲早會掉，倒不是趙一冬的錯。

不過，趙一冬在這麼冷的天裡，無處可去是怎麼一回事？而不收留她的自己，是不是太過分了？

可是，他實在沒有勇氣。俞斯南握緊了手中的門把。

他沒有勇氣面對那些懸殊的差異——她一點也沒變，從第一次見、五年前見一直到今天見，她都一直是那個清澈的女孩。

然而自己的青春卻從一開始就扭曲了。他有些不甘，也有些懼怕。說什麼孤男寡女其實根本只是藉口，俞斯南單純只是不想去面對那些差異而已。

——以這樣的姿態，站在她面前，就像被指著嘲笑。他只能感覺到濃重的無地自容。

這裡是臺北。全然陌生的城市，全然陌生的屋子，全然陌生的群眾——只有在這樣全然陌生的環境裡，他才能暫且忘掉時間在他心頭刻下的那些傷痕。

所以，即使是五年沒見的趙一冬、即使是不怎麼熟悉的趙一冬，他也必須排斥在外。因為她身上，沾染了一絲過往回憶的氣味……

驀然，雨水拍打窗子的聲響清脆入耳，俞斯南不禁愣然。

他輕咬下唇，方才嚥下的咖啡香在唇齒間發散。

最後，他拿起話筒，撥通號碼。

——他想打電話給趙河，即便那女孩再三強調不要打給他。

然而，看來上天是站在趙一冬那邊的。電話那頭是制式化的女人聲音，說著無人接聽。一字一句如水滴滑落他耳畔。

俞斯南望向盈滿水珠的玻璃窗，嘴角溢出一聲幾不可聞的嘆息。

至少，那些過往的氣味是能被雨水洗掉的，是吧？

他拎起自己的外套以及兩把傘，推開已經少了門把的那扇門，身影隱沒於寒冷與潮濕的那一端……

＊＊＊

趙一冬站在街上，看著行人因為突如其來的大雨而各個慌忙逃竄。她只是靜靜望著他們四處奔走的身影。她獨自一人緩慢地前進，即使沒有目的地。

她絲毫沒有要躲雨的意思。

忽然，她停下腳步，張開雙臂，閉起雙眼昂起臉、朝著天空，任由雨水打過她的每一絲肌膚。

「趙一冬，妳怎麼能這樣對我？」

她鼻酸了。

「一冬……告訴我，妳沒有做這件事對不對？」

然後，她流淚了。幸好有雨水替她掩飾。

十幾度的低溫，搭上莫名而來的磅礡大雨，趙一冬不自覺苦笑。連老天爺都不喜歡她、都想要懲罰她。

「妳在做什麼？」本來不停從頭頂澆灌而下的雨水忽然頓住。趙一冬摸摸自己的頭頂，愕然睜開雙眼，映入眼簾的是一片黑——是雨傘。順著剛才的聲音來源，緩緩往後轉，只見俞斯南正撐著雨傘，清冷地望著她。

她止不住地傻笑，「俞……俞……」她仍叫不出他的名字。

「妳是要不要自己拿？」俞斯南有些不耐煩了。

趙一冬咧開嘴笑，一邊接過他手上的雨傘，一邊對他笑道：「嘿嘿嘿——我就知道你沒這麼狠心！回心轉意了吧？我跟你說，如果我爸真的發現了，我會幫你解釋的！我爸那麼喜歡你，絕對不會對你做什麼的——」

只見俞斯南沒有理她，只是一直往前走。趙一冬蹦蹦跳跳地跟在他身後，一張小嘴從沒停過，不停歡快地講著。

「會跌倒。」只聞男人的聲音在雨中模糊地傳來，趙一冬沒聽清楚，想要小跑步上前，不料踩滑了一步，整個人伴隨尖叫在地上滑出一道美麗的水花。

她全身痛得要死。

她掙扎著爬起身，渾身感覺已經濕透了，「痛死我啦！」她叫著，一邊坐起身。

只見俞斯南忍不住笑意，微微上揚嘴角。這還是她目前為止第一次看他笑。以前對他的印象很模糊，今天則是聽多了他的冷言冷語，她還沒想過他會笑。她看得有些呆滯了，認真端詳起他的笑顏。

他的笑容帶著清晰的笑紋。

大叔——這個詞瞬間浮上趙一冬的心頭——

瞥見趙一冬正在看他，俞斯南立刻收起笑容，裝得什麼也沒發生過。他依舊是那副清冷的眉目，走向趙一冬，啟唇：「自己起來。別寄望我會拉妳。」

趙一冬吃吃地笑了，「嘿嘿，我要叫你大叔。」

俞斯南聽了，臉色微變。他才三十歲，什麼大叔……

「唉呀，看大叔你好像不是很喜歡這個稱呼，但我很喜歡！所以你就叫大叔了！怎麼樣？」趙一冬站起身，興奮地跳來跳去，「怎麼樣、怎麼樣？」

「吵死了。」俞斯南決定不再跟這個女孩鬧下去。他長腿一邁，頭也不回地往前走。

趙一冬在他身後追著，「哎呀，大叔你等等我啦——」她全身上下都濕透了，跑著都覺得累贅，偏偏對方就是走得那麼快，她吃力地跟著，一邊不停叫嚷著要他等她——

今晚大概會熱鬧到睡不著。俞斯南心裡想著。

趙一冬依舊固執，「大叔，等等我——等等我啊——」

俞斯南終於停下來了，「再吵我就把妳留在這裡！」他轉頭狠瞪著趙一冬。

趙一冬則是不停傻笑，「好啦！好啦！我閉嘴就是了。」

趙一冬坐在板凳上，有些尷尬地看著俞斯南。

她渾身濕答答的，還有水滴從她烏黑的髮絲上滴滴滾落，她覺得自己快凍僵了，身體不自覺地顫抖，而且好像快要有鼻水流下來了……她抽了抽鼻子。

俞斯南泡了一杯咖啡，熱咖啡的熱氣嫋嫋上升，他的面容在水霧之中顯得模糊，趙一冬無從觀察他的神色。

他一手拿著咖啡輕輕啜飲，一手拿著一本書靜靜翻閱。

自從被俞斯南恐嚇過後，趙一冬已經半個小時沒吭聲了——這已經算是她的極限了。再不說話就快不能呼吸了！她在心裡不斷吶喊，卻又不敢真的出聲，只好一直憋著。

要說，不可以說，快說啦，不可以說……趙一冬內心天人交戰，嘴巴感覺快要擋不住那些排山倒海而來想要說話的慾望——

俞斯南餘光中瞥見趙一冬的異狀。這丫頭現在到底在幹嘛……他不禁無言。只見女孩不斷摀著自己的嘴巴，一臉脹紅嗚嗚阿阿地叫著，是吃錯藥了嗎？他索性直接盯著她瞧。

發現他的目光，趙一冬更慌了，繼續嗚嗚阿阿叫個沒完。

「妳幹嘛？」她的動作大到他無法再忽視，直接問出口。

趙一冬像是終於吸到空氣一樣，大口喘氣，「呼、呼……我終於可以呼吸了！」她嘿嘿傻笑。

「所以？」俞斯南冷冽的目光投向她。

她不為所動，自顧自地開口：「我、我說……我剛剛在外面淋了那麼久的雨……哎呀，冷死我了，呼——總之，我還滑了一大跤耶，你怎麼都不給我毛巾之類的東西？呼，你是個無情的大叔！」她癟著嘴講完這段話，卻仍止不住牙齒打顫，語調七零八落。

俞斯南沒說話，只是望著她。他將杯子送到嘴邊，輕輕啜了一口咖啡，咖啡香在唇齒間蔓延。他又伸出舌頭輕舔杯緣。

雖然俞斯南對趙一冬而言是個大叔，但他這樣喝咖啡也太犯規了吧——深邃的五官，高挺的鼻子，飽滿的唇正在杯緣游走——趙一冬有些傻了。

「妳只叫我收留妳一晚。」俞斯南說完，又低頭去看他的書。

趙一冬從呆滯中回過神來，好不容易才明白俞斯南話裡的含意，頓時無言。

她在心裡不斷懊悔再懊悔——早知道當初就不要隨便這樣講了啊啊啊，說「我要你服務我一晚」不就好了——啊，這樣好像有點情色——不管怎樣，總比現在好吧？這大叔玩什麼文字遊戲啊！

俞斯南餘光看見趙一冬的神情。一下傻眼，一下懊惱，一下崩潰……五官扭來扭去，怎麼都不會抽筋？

他站起身，「我要睡了。至於妳，就自己看著辦吧。」說完，他便走了。

趙一冬傻著看他離開。

天啊，這就是大叔的待客之道嗎？也太薄情了吧？

猛然，俞斯南方才的話又重新竄上心頭——「至於妳，就自己看著辦吧。」

哼哼，大叔要跟她玩文字遊戲是吧？看誰比較會玩！

＊＊＊

血珠點點滲出，在女孩白皙的手指上串成一鏈，像鮮紅的珍珠串鏈……目光之中，一雙掌緩緩伸出，停留在女孩的手指上游移，將血色暈染開。血珠沾染了她和他的指腹。

他看不清她的神情，只聽得見哭泣的抽噎。而他竟分不清嗚咽聲究竟是她的還是他的——他想安慰，卻一句話也說不出口，只能一次次用手指沾上她的血，好像這樣就能替她分擔些什麼——而她也只是沉默。

男孩能感覺到空氣裡飄散著血液的味道，以及眼淚的鹹味。

心中有一處沉甸甸的，像是匯集所有的情緒。那些難以言明的，全在那一處翻騰……

畫面迅速轉換，一片黑暗之中，女人啜飲咖啡，咖啡繾綣附著她的嫣唇，女人伸出舌頭將那些全數捲入口中。

男人只是吞嚥，唇齒之間似乎能感受到她手上那杯咖啡的香醇——而他卻也只是沉默。又或者說，他也只能沉默。

心中那一處已然不再沉重，然而所有重量分崩離析，分散蔓延全身，身上每一處都充滿那樣翻騰的情感。然後，咖啡的溫度從頭頂，耳朵，鼻子，嘴唇……他能感覺那些重量，隨著咖啡滑落，摩娑他的每一寸肌膚，最後緊緊貼附，無從喘息。

——俞斯南猛然睜開雙眼，發現自己正躺在床上。

他望向窗外，發現天已經亮了，他不由得鬆了一口氣——幸好，又過去了一天。又過去了一天，這代表著他離那些回憶又更遠了些。

好不容易撫平自己的情緒，他竟聽見浴室傳來嘩啦啦的水花聲。

怎麼回事?下一秒，他才想起昨晚家裡來了個不速之客。也幾乎是在這一秒，他從床上彈了起來，衝向浴室——

「趙、一、冬——妳給我出來！」一字一句，咬牙切齒，「我沒說妳可以用我的浴室！」

浴室門被緩緩打開，趙一冬探出頭，一張小臉笑盈盈望著他，「真不知道是誰昨天說什麼……『至於妳，就自己看著辦吧。』」她模仿著他的語調，唯妙唯肖，「我自己看著辦啊，哪裡不對？」

俞斯南正要辯駁，卻見趙一冬手指上勾著什麼，悄然從浴室門後伸了出來……俞斯南的臉色已然鐵青。

「哇嗚！」趙一冬露出一個驚嘆的表情，「大叔穿碎花內褲耶——好優雅，好勁爆呀！」

「趙、一、冬——」俞斯南鐵青著臉，伸手要去搶自己的內褲，趙一冬敏捷地把它藏到身後。

「有種你就開門啊！」趙一冬笑道，「我現在身上只包了一件浴巾喔，如果你打開門，你要怎麼跟我爸交代呢？我一定會跟我爸說你趁我洗澡的時候衝進來！到時你……」

「趙一冬，閉嘴。」俞斯南惱怒地瞪著她，「洗妳的澡！洗完立刻給我走！」

趙一冬被這麼一兇，只好摸摸鼻子，關起門來繼續洗自己的澡。

俞斯南安頓好自己的怒火，冷冷轉過身子，準備踏出第一步時，卻又聽見浴室門被打開的聲音，接著他的衣襬突然被人拉住。

他轉過頭，只見趙一冬有些尷尬地望著他。

「做什麼？」他口氣透著不耐。

「我，我好像沒有衣服可以換耶……」

俞斯南無言以對。趙一冬盯著俞斯南，等他發話。

一秒，兩秒，三秒，他嘆了口氣。

一秒，兩秒，三秒，他終於說話了——「那妳就直接裸著出來好了。」

趙一冬傻眼。俞斯南沒再理她，逕自回到房間換衣服。

把趙一冬想成空氣就好……他替自己做心理建設。

距離他上一次這麼暴走已經是多年前的事情了，對再惡劣的學生他都還沒這麼失態過……不得不說，趙一冬頗有能耐——惹火他的能耐。

趙一冬把自己關在浴室裡，久久不敢出來。

哪怕她再怎麼厚臉皮，也沒厚到連矜持都不要了吧？幸好今天天氣回溫，她裹著浴巾還不至於太冷。

她把耳朵貼在門板上，細聽外頭動靜，聽見外頭腳步聲漸遠，她猜大叔是回自己房間了。

過了半晌，她又聽見男人的腳步聲沉穩而富有節奏地越過浴室門口，忽近忽遠，越來越遠，最後趨於平靜。

呼——她鬆了一大口氣，將身上的浴巾拉好，試探性地打開門，左顧右盼一陣，確定沒人了才匆忙跑出來——

她把自己昨晚濕透的衣服拿進浴室沖洗一會兒，又東翻西找，終於找到了俞斯南的吹風機。

趙一冬裹著一條浴巾坐在客廳沙發上，一手拿著濕衣服、一手拿著吹風機轟轟地吹著那些衣服。她的頭髮已經半乾，但是又邋又亂，狼狽不已。

她有些呆滯地巡視這間屋子，擺設很簡約，全是黑白色系，一看就是單身男人的家，沒什麼特別的——除了一件事。趙一冬不自覺站起身，走近屋內那面牆，她瞇起眼睛，仔細端詳。

「這大叔連壁紙都用小碎花啊……」趙一冬喃喃自語，「果然是變態。」

猛然，「哈啾——」她打了個大噴嚏，鼻水緩緩從她鼻子流出來。

鐵打的身子也禁不起寒流裡又跌倒又奔波的，更禁不起赤裸身子在浴室裡待了將近半小時啊，他不只是變態而已，還是個混蛋大叔！

「我要詛咒你的花內褲破掉啊啊啊——混蛋大叔——」趙一冬忿忿怒吼。

「哈啾。」俞斯南一手揉揉鼻子，一手駛著方向盤。這噴嚏來得不尋常，一定是趙一冬在詛咒他。

不知道自己出門的這段時間會發生什麼事，心中有些擔憂。不過連內褲這種隱私都被趙一冬揭露了，哪怕趙一冬把房子燒掉了他都還覺得是小事。

他搭著教職員電梯上了樓，又出了電梯。沿路遇見幾個熟面孔的學生和他打招呼，他不冷不熱地回應，專心走自己的路，腦海計畫著待會的工作清單——先去班上看看打掃狀況、再批改作業、到班上授課、寫教學報告……大概也就這樣了。計畫好後，俞斯南直接拐了個彎，直直走入掛有「二年七班」牌子的教室。

「老師早——」「老師早安！」「老師好。」

「早安。」俞斯南淡淡回答，他巡視教室一圈，看著學生手裡拿著掃把、拖把和抹布，每個人都認真打掃的模樣，讓他頗是滿意——直到他的視線落在那個男同學身上，俞斯南的眉忍不住微皺。

全班都在認真打掃，就只有那個同學趴在桌子上，呼呼大睡。

俞斯南走近他，伸手拍拍他的肩膀，問道：「蘇亦弦，你人不舒服嗎？」

蘇亦弦沒有說話，只是抬起頭，冷冷望著他。

「沒有的話就起來打掃。」

蘇亦弦不為所動，仍是繼續沉默著。

沒等俞斯南再次催促，早自習的鐘聲便緩緩響起。

「打鐘了。」蘇亦弦看向廣播器。

「嗯。」俞斯南答，「早自習結束後到我辦公室一趟。」說完，俞斯南長腿一邁，走向教室外頭。

碰巧遇見衛生股長，他低問：「蘇亦弦是做什麼工作的？」

衛生股長先是一陣茫然，接著一臉慌張，「呃、我……我……我忘記了！」

「忘記了？」俞斯南反問，「你是衛生股長。」

衛生股長無聲地乾笑，「老師，對不起，我真的忘了。」

俞斯南陷入沉默，「你沒有幫他安排工作，對嗎？」

衛生股長咬著下唇，沒有答話，算是默認。

俞斯南正在等他給自己一個解釋——然而學生不會明白這點，只當老師是生氣了，一臉欲哭無淚。

俞斯南嘆口氣。連趙一冬都知道要解釋，怎麼學生就不懂？他沒再追究，拋下一句「趕快替他安排」便離開了。

衛生股長目送那頎長的身影逐漸遠離，他內心滿是髒話——不是他不安排，是他不敢啊——看蘇亦弦那一副生人勿近的樣子！

早自習下課時，蘇亦弦出現了。俞斯南拉了張椅子在自己的辦公桌旁，拍拍椅子，他開口：「坐吧。」

蘇亦弦低著頭，一屁股坐了下來，接著抬起頭，準備聽那些從小到大聽過不下上千萬次的勸導，他望著班導，頗有從容赴義的氣勢。

一秒，兩秒，三秒，俞斯南沒說話。

一秒，兩秒，三秒，俞斯南翻開了作業本。

一秒，兩秒，三秒，俞斯南打開了紅筆蓋。

一秒，兩秒，三秒，俞斯南開始批改作業。

這是怎樣？蘇亦弦無言。

「我知道你應該覺得很無奈。」俞斯南瞟了他一眼，淡淡開口，一邊還繼續批改作業，「當你希望別人趕緊開口，別人卻自顧自做自己事情的時候，就像全班同學希望你幫忙撿張垃圾，你卻自顧自睡覺一樣。」

蘇亦弦打從心底不喜歡這種充滿文藝氣息的訓話方式。他寧可俞斯南對他破口大罵。蘇亦弦以沉默表示他的不滿。

「最後再讓我說一句話就好，」俞斯南停下批改作業的動作，認真望著他，「高一還沒分班的時候，你跟你的班導處得如何，我並不在乎；但現在我是你的班導了，希望你明白我的行事風格。」

蘇亦弦沒有答話。

「你可以走了。」

於是，蘇亦弦真的頭也不回地走了。

俞斯南繼續批改自己的作業。隨著紅筆線條勾勒，他似乎又見到多年前的那些光景——當時的自己，和蘇亦弦是很相像的。

也許正是如此，他才總是對這樣的孩子有所關切，儘管那些孩子並不喜歡他的關切——那些話在他們耳裡太刺耳，像在嘲笑他們的青春。

這些俞斯南都明白，卻也正是明白才這麼做。

＊＊＊

傍晚時分，俞斯南下班回到家，只見屋內空無一人——趙一冬終於走了嗎?直到他把門關上的瞬間，才感覺到一絲不對勁……他看著門板上那個陌生而冰涼的金屬門把，有些驚詫——他轉而掃視了客廳一眼，只見茶几上擺著一張附近鎖店的名片。

這麼看來，大概是趙一冬找來鎖匠修門的……原來她也不是完全的傻嘛。

俞斯南走進屋內，感覺到四周一片寂靜——直到這一刻，俞斯南才確信趙一冬是真的離開了。

雖然她才在這屋子裡待不到二十四小時，俞斯南卻覺得處處都有她的聲音。他坐上沙發，望著昨晚趙一冬坐的板凳，彷彿還聽得見她稚嫩的嗓音在耳畔不停念叨好冷；他走向浴室，望著今早趙一冬探出頭來的那扇門，好似還能聽見她歡快的笑聲在耳邊縈繞不去……真是吵死了。

俞斯南打開浴室的燈，正準備踏入浴室，卻聽見那些聲音越來越清晰，甚至越來越宏亮——

「大叔——大叔——」

俞斯南愕然。他快步走向客廳，只見聲音來源就站在那兒望著他。

「嗨！」趙一冬笑得燦爛。

俞斯南完全搞不懂現在是什麼狀況。

「我呢，不只把門修好了，還多打了一把鑰匙哦！嘿嘿！」趙一冬從口袋裡拿出鑰匙，笑盈盈地望著俞斯南，「從今以後我就要住在這裡了，請大叔多多指教啦。」

俞斯南看著那串鑰匙銀閃閃地在燈光下閃爍，他的眼皮止不住地抽動。

明明有著滿腔怒火，卻無從發怒……他完完全全搞不懂眼前這個丫頭的腦袋結構……如果可以，他現在一定會把她的腦袋撬開來看看都裝了些什麼！

察覺出他的表情越來越冷冽，趙一冬趕緊緩頰：「哎呀，大叔你別生氣嘛！雖然我沒錢付你啦，但是我會幫你掃地、拖地、洗碗……如果你要我幫你洗你的花花內褲……我也是勉強接受啦！」趙一冬傻笑一陣，又繼續講下去，雙手不斷在空中揮舞，聒噪得很。

俞斯南在這短短幾秒歷經各種感受——傻眼、憤怒、無奈，最後他歸結出一個結論：這個丫頭一定有病，而且是很嚴重的精神病。
看來他不聯絡趙河老師是不行了。再延遲就醫，趙一冬說不定真的會瘋掉——
「好啦！好啦！我超級——超級無敵霹靂願意幫你洗花內褲的，ＯＫ？不要裝那個大便臉啦！看了真的有點可怕耶！」
不。俞斯南確信趙一冬已經瘋了，瘋得無藥可醫。
「我今天有偷偷看了一下，大叔你家明明有空房間吧？」趙一冬笑咪咪地說，「幹嘛不讓我住啦！這個年頭會願意幫房東洗內褲，咳咳——而且還是充滿小碎花的內褲——已經不多啦！打著燈籠都找不到囉！」趙一冬笑得燦爛，蹦蹦跳跳，圍繞在他四周，嘰哩呱拉講個沒完。
俞斯南看著她一頭烏黑長髮隨著跳躍而在眼前不停反覆晃蕩，頭已經開始暈了。
他扶住額頭，狠瞪趙一冬，憤怒一吼：「我隨便妳要幹嘛！以後跟我說話不准超過三句——不，一句也別超過！」
趙一冬因為他突如其來的吼聲而怔愣住。一秒，兩秒，三秒——
「天啊！我成功囉！我成功住進大叔家囉——萬歲！我真的會替你洗花內褲的，你放心，我趙一冬從不食言！」
直到這時候，俞斯南才發現自己剛剛答應了多麼荒謬的事情。
他再也說不出話來了，心中滿是茫然。
他剛做了什麼？他剛是不是簽了一紙賣身契？

***

趙一冬就這樣莫名其妙地住進俞斯南家了。俞斯南覺得這件事太過荒唐，一時之間還無法完全接受；然而隔天晚上，冷靜下來以後，俞斯南就發現趙一冬很是古怪。

第一，趙一冬什麼行李也沒帶。

第二，趙一冬不希望自己聯絡趙河老師。

第三，趙一冬就算要借住別人家，又怎麼會找上一個已經五年沒見的男人？

他坐在客廳沙發上，暗暗沉思。不禁覺得趙一冬這個女孩果然是疑點重重……俞斯南啜了一口咖啡。

不過，雖然有很多疑惑的事，他可沒勇氣去問她。他能想像她會用多麼聒噪的方式回應自己——俞斯南打了個冷顫。這後果他真的承受不起。

回憶起前天早上趙一冬拿著自己內褲，一臉笑嘻嘻的樣子，他就快要瘋了。他用手摀住自己的臉，無聲咆哮——

現在趙一冬是真的住到他家了。先不說他願不願意的問題，趙一冬手上可是有自己家裡的鑰匙，再怎麼阻止也沒用啊……

俞斯南嘆了口氣。既然都已經如此了，他就把她當作真正的房客好了。一個吵鬧不休、無理取鬧、幼稚瘋狂的房客……想到這裡，他再度嘆了口氣。

＊＊＊

臺北的夜晚很美，卻也很刺眼。趙一冬托著腮坐在窗前，靜靜凝視窗外。

回想起她住進大學宿舍的那一晚，爸爸曾經打給她，告訴她不要太想家。因為家一直都在那裡，不會跑走。

家的確不會跑走，但是卻變成自己逃走了。有家歸不得的感覺真是五味雜陳啊——趙一冬無奈地想著。

她真的不想讓爸爸擔心。如果被退學的事情被爸爸知道了，爸爸會有多憂心？

驀然，放在櫃子上的手機響了，嗡嗡嗡震動著。趙一冬伸手拿起來，接聽。

「請問是趙一冬同學嗎？」電話那頭的聲音，趙一冬認得出來，是舍監。

「是，我是。怎麼了嗎？我已經搬出來了。」趙一冬望向窗外，低低回答。

「不過妳宿舍裡還是有很多東西，我是提醒妳那些東西要儘快帶走。」

「抱歉，可以請妳轉告我的室友，要她們幫我全部丟掉嗎？」

「咦？全部嗎？可是妳全部的東西——包括衣物都沒帶走。」

「嗯，全部丟。」趙一冬一隻手握著手機，一隻手不自覺抓了抓後腦杓，一想到那些衣服都是錢啊，於是轉而說道：「啊——算了，我明天就去把衣服全部搬走。其他東西都可以丟了。」她說。

沒等舍監阿姨回覆，她便逕自掛掉電話。這是她遭到退學處分後接到的第一通電話。她的事蹟太聳動，儘管是那些曾經友好的朋友，也不會想接近自己的。

趙一冬重新望向窗外。也許臺北就是這麼一個冷漠的地方吧，她想著。但這不能夠怪罪任何人，一切罪孽始於自己呀。

寂靜之中，她聽見有人在敲自己的房門。

趙一冬愣然，呆了幾秒才站起身去開門。映入眼簾的是俞斯南那張俊容，他冷然地望著她，開口：「我不管妳是為什麼借住我家，也不想管妳要住多久——畢竟我覺得就算我管了也沒用——總之，這些我都不會過問。」俞斯南的語氣充滿無奈，他頓了頓，又說：「但是錢的問題，妳絕對不准給我混過去。」

趙一冬噗哧一笑，「大叔真是太見外啦！」她咧著嘴打了他的手臂一下，「我們都什麼關係了，還說什麼錢不錢的？」

俞斯南冷眼看著她。

「大叔你放心啦！等退學的事再也瞞不住爸爸的時候，我會請他還你錢的。當然，我這麼孝順，等我出社會賺了錢之後就會還給我爸的，哎呀，畢竟這也是不得已……」趙一冬笑盈盈地說，時而皺眉頭，接著又重拾笑容侃侃而談，絲毫沒有要停下的意思。

俞斯南完全沒在聽她說話，思緒還停在她的第一句話。

「原來妳被退學了。」他淡淡應道。

趙一冬一愣，接著笑著不斷點頭，「對啊——我被退學了，」她裝出一副無辜的表情，「很可憐吧？」她眨眨眼睛，轉而又露出笑容，好像這件事一點也不稀奇，「所以你要不要考慮把我的房租減半啊——」

這次俞斯南學聰明了，沒等她說完，直接把門關了起來。

趙一冬看著猛然在自己面前關上的門，有些愣然。過了半晌，她才沒來由地爆出一陣大笑，就連她都不知道自己在笑什麼，只好繼續笑下去，笑到整個人躺到地板上打滾都還停不下來。

「哈哈哈哈哈——哈哈哈哈哈——」她笑得肚子有點痛，眼淚都流出來了。

「呼、呼——」她終於停下笑意，望著天花板，淡淡開口：「其實臺北也沒那麼冷漠啦！」趙一冬不禁莞爾。

＊＊＊

趙一冬入住後的第五個早晨，恰巧是星期日。她蹦蹦跳跳跑到客廳，抓住俞斯南的手，晃呀晃地，問：「欸欸大叔——我問你喔，你知道這附近哪裡有寺廟嗎？」

「寺廟？」俞斯南看了她一眼，有些困惑，一邊不著痕跡地把手抽出來。

趙一冬點點頭。俞斯南沒有回答，只是看著她。

換趙一冬覺得困惑了，開口：「大叔，你幹嘛不說話？一直盯著我看，你是愛上我囉？」趙一冬突然摀住臉，一臉嬌羞，「嘿嘿嘿——你既然愛上我了，那我的房租是不是可以不用付了，拜託，你雖然是個大叔，但也知道追女生不能讓女生付錢的道理吧——」

「閉嘴。再吵就漲十倍。」俞斯南才剛開口，趙一冬立刻舉雙手投降。

俞斯南和趙一冬相處這五天下來，終於找到壓制她那張嘴的方法——當她是空氣根本沒用，俞斯南活這三十幾年來還沒見過這麼吵的空氣。果然只有漲房租才是最實際的。

趙一冬吃吃地笑了，緊緊閉著嘴巴不敢吭聲。

「……我不說話，是在等妳解釋。」俞斯南說。

趙一冬露出恍然大悟的表情。這麼一回想，她跑來找他的第一個晚上好像也是這樣——大叔連她來幹嘛也不問，只是等她自己解釋。

原來大叔行事作風這麼大牌啊，趙一冬心裡腹誹著，「哼哼，我偏不告訴你！」趙一冬吐吐舌。

現在到底是誰不告訴誰？俞斯南無奈，「那我也不會跟你說哪裡有寺廟的。」

趙一冬愕然，「蛤？你說什麼？大叔你不可以這樣啦——算了、算了，跟你說也沒差。不過，不是我要說啊，大叔你是不是智商有點問題？廟除了拜拜還能幹嘛，我當然是去拜拜的啊——」

俞斯南無話可說。這麼一問，廟除了拜拜還能做什麼，他還真的想不到。看來智障真的會傳染，而趙一冬身上一定帶有強力感染源。

他趕緊低頭啜飲咖啡，當剛才的糗事沒發生過。趙一冬一個人在旁邊捧腹大笑，最後在地上打滾了幾圈才搖搖晃晃地站起身。

她笑到覺得自己有點暈了，正想伸手去扶牆壁──「別碰牆壁！」俞斯南突然吼道，額上青筋突突地跳著，雙眼狠狠瞪著她，手裡的咖啡杯也止不住地震顫。

看得出他真的動怒了。

趙一冬被這麼一吼，愣了幾秒，不自覺褪去笑容。大叔是惱羞成怒喔──幹嘛突然吼這麼大聲──但她突然不敢調侃他了，他的表情太嚴肅了。

她往後覷了一眼那面牆。到底有什麼摸不得的？不就是一面貼著碎花壁紙的牆嗎……這大叔果然有怪癖，不但喜歡穿碎花內褲，還把一面貼著碎花壁紙的牆壁當作寶。

俞斯南吼出聲的下一秒就有些懊悔。

他不該動怒的，他也不知道自己為什麼要反應這麼大──明明他以為自己已經……他以為自己已經釋懷的。

他的手忍不住地顫抖，咖啡灑了出來，滴到了地板上。俞斯南看著地板上的咖啡漬，整隻手臂不自覺爬滿了雞皮疙瘩。

熟悉的觸感再度爬上他的心頭。熱咖啡自頭頂澆灌而下，沿著他的五官輪廓下墜……他甚至能感覺到未溶解的咖啡粉末撫過他的側臉──俞斯南覺得眼前一片黑暗。那些熟悉而陌生的感受又再度纏身，如影隨形……

「欸，大叔！你怎麼啦？我知道你對於吼了我這件事很自責啦，但道個歉就沒事啦，我不介意的！」趙一冬看著俞斯南的異狀，不自覺伸手去碰他的手，卻被他一把抓住。

俞斯南的眼神很恐怖。趙一冬愣然地望著他，覺得自己的手腕被拽得有點疼——大叔的眼神裡有著扭曲而深邃的黑暗，像是隨時要將人捲入瞳仁之中——趙一冬縮了縮脖子，開口：「……大叔？」

俞斯南似乎終於恢復理智，他緊擰著眉，鬆開了掐住趙一冬手腕的那隻手。他將頭轉向另一邊，語調有些顫抖：「對不起。」

「就像你不追問我怎麼被退學一樣，我也不會問你為什麼要生氣的——喔，天啊，我講得好像偶像劇臺詞，大叔可不要愛上我囉，我可是個危險的女人——」趙一冬甩了甩頭髮，笑得燦爛，自以為魅力無窮。

俞斯南用餘光看她胡鬧的樣子，有些無言。他有點後悔跟她道歉。

但一想到剛剛自己那樣被趙一冬看見，有些莫名的羞愧感。俞斯南伸手掩住自己的臉，暗暗沉思。

趙一冬從廚房拿來抹布，跪在地板上仔細擦拭。

俞斯南偏頭看她，沉默不語。

突然，「要我帶妳去嗎？」俞斯南啟唇，「寺廟。」

「咦？」趙一冬有些驚詫地抬起臉，「嘿嘿，你怎麼突然對我這麼好？有什麼陰謀嗎？」趙一冬咧開嘴笑著，露出兩排白牙。她還有小虎牙。

這是俞斯南第一次認真端詳趙一冬。她有一張圓圓的小臉，兩道濃眉、一雙清澈如水的眼睛。她的眼神太純淨了，純淨得俞斯南無地自容。

「當我沒說吧。」俞斯南抹了抹臉，別過頭去，不再看趙一冬。

「哦……」趙一冬先是露出失望的表情，接著又綻開笑容，說道：「那就算啦！」說完，她又繼續俯身擦地板。

俞斯南重新看向趙一冬。這次他不再說話了，就只是這樣靜靜望著。

擦好後，趙一冬拿著抹布走到廚房。她洗了洗抹布，將它擰乾後整齊地披到架子上。她兩手撐在流理臺前，像是在思索什麼——

大叔最後還是沒跟她講哪裡有廟啊，混蛋！

算了，問他還不如問爸爸！趙河可是一個無所不知的超厲害爸爸啊——她從口袋裡掏出手機，撥通號碼。

「喂——妳這不孝女，這個假日沒要回來也不先通知？害老爸我在家裡乾等了整整一天！」

電話那頭一接起來就是趙河激動的質問，趙一冬不禁笑了出來，她開口：「爸，你冷靜一點啦！我最近有個大活動要辦，要留在臺北才行，可能很久都不會回家。」

電話那頭沉默了幾秒，「唉，我知道了。學校生活還好吧？」趙河收拾好情緒，笑問。

趙一冬聽見爸爸問起學校生活，有些許的遲疑，她舔舔下唇，佯裝出亢奮的情緒：「當然好囉！哪會不好？嘿嘿，別忘了我可是誰的女兒！」

「說的也對，我趙河的女兒怎麼可能會不好呢？」

「對了，爸，我問你喔！就是啊，我朋友生病了啦，看醫生一直都好不了；我想問你有沒有神明是專門拜這種的——可以讓病趕快好起來的。」

趙河有些吃驚，「妳朋友年紀輕輕，得什麼病啊？要不要緊啊？拜拜只是求心安，不代表有醫療效用啊！」

趙一冬微微一笑，接下來的話卻有些難以啟齒：「拜託，好歹我也是醫學系的，當然知道囉……不過她的病有點……嗯，總之有些嚴重，看醫生也不一定好得了的那種……我只能寄望超自然力量了。」她的語氣充滿猶豫，趙河也聽得出來，反問：「難道是心理上的病？」

趙一冬沒有回答，只是繼續說：「有嗎？那種神明。」

「妳人在臺北的話……我倒知道有一間拜神農氏的廟蠻有名的，妳有空再去看看吧！神農氏妳知道吧，就那個為民嚐百草的。切記不要拜牛肉，牛是幫農人種田的——」

「爸，我知道啦！」趙一冬無奈笑道，「你以為我還是三歲小孩嗎？用這種口氣跟我說話，好幼稚喔！」趙一冬吐吐舌，忍不住調侃。

趙河笑得開懷，又和趙一冬寒暄一陣。

突然，趙一冬開口：「爸，我遇到俞斯南了。」

趙河有些驚喜，「哦?真的嗎?在哪遇見的，那孩子過得還好吧——」

「他看起來是過得不錯啦，不用擔心。」趙一冬的目光飄向客廳的方向，止不住笑意。

「我們……住得很近，非常近。」趙一冬不自覺說出口，她趕緊補充：「我是說離我們學校很近啦!我發現的時候嚇了一大跳呢!」

「那真是太好了。」趙河笑道，「有空的話，妳一定要多去關心他。」

「蛤?我以為你會跟我說『有需要幫忙的話一定要去找他』之類的。」趙一冬用手撥了撥頭髮，滿是困惑。

「哈哈——好像真的應該是這樣，不過，一冬啊，妳聽著……」趙河的語氣突然正經了起來，「斯南這個孩子……唉，總之，比起妳，我覺得斯南會更常有需要幫助的時候。」

趙一冬想繼續問下去，爸爸卻已帶開了話題：「好啦!妳趕緊去忙吧，不要太累了，三餐記得按時吃。最後還是那句話——不用太想家，家一直都在這裡，不會跑走的，爸爸也是。」

趙一冬莫名地覺得鼻酸。她的眉頭不禁緊緊蹙起，伸手捏捏自己泛酸的鼻子。

「怎麼不說話?」趙河在電話那頭問道。

「我知道了啦!」趙一冬強忍住淚水，「等我忙完一定會回去。一定。」話一說完，她趕緊掛掉電話，只怕自己會忍不住在通話時哭出來。

才剛掛掉電話，眼淚就奪眶而出。趙一冬伸手抹掉眼淚，硬是擠出一個笑容。

「笑比哭還難看。」突如其來的評語，趙一冬被嚇到了，瞪大眼睛看向俞斯南。

俞斯南走近她，把她輕推到旁邊，接著打開流理臺的水龍頭沖洗自己的咖啡杯。

他剛才遠遠就看見趙一冬那張臉扭曲得像什麼一樣，哭不像哭，笑又不像笑的樣子，實在忍不住就給了她一句評語。

「……大叔。」趙一冬喊。

「嗯。」俞斯南只是輕輕應答，繼續沖洗自己的咖啡杯。

「為什麼爸爸說你──」為什麼爸爸說你很需要幫助？本來是想這麼問的，直到最後一刻，她趕緊踩了剎車。

「趙河老師說我什麼？」俞斯南有些疑惑，抬起頭來望著趙一冬。

「哈、哈、哈……什麼事都沒有。我剛一時混亂講錯話了啦──我是想問你，每天喝這麼多咖啡不會睡不著嗎？」

俞斯南把水龍頭關上，低著頭不發一語。

他相信趙河老師不會說他什麼壞話，所以他不打算去追究趙一冬本來想講些什麼。

「不會。」俞斯南一邊回答，一邊將咖啡杯倒過來瀝乾，「如果喝了就真的能睡不著就好了。」他沉吟了一陣，又說：「可惜我的體質似乎跟咖啡很合得來。」

如果每晚都能保持清醒就好了。那樣他就能見證黑夜轉為白日──他就能親眼感受，那些回憶越來越遠離自己。

「喔——」趙一冬無話可應，只好這樣回答，「還是少喝一點啦！一天喝那麼多也不好。」

俞斯南有些愣然。突然覺得此刻的趙一冬和平常那個纏在自己旁邊聒噪不已的她略有差距。

「不能回家讓妳很難過嗎？」俞斯南問。

趙一冬微瞇雙眸，接著露出白牙，「嘿嘿嘿——大叔在關心我嗎？你是不是真的愛上我啦？我說過了，我可是個很危險的女人呢——」

「如果妳難過就會話變少，我希望妳現在是難過的。」說完，俞斯南把咖啡倒放在流理臺旁，長腿一邁便離開了廚房。

聽完俞斯南那趨近於毒舌的話，趙一冬只是笑了，而且笑得很開懷。

即使趙河說，那個男人需要幫助的時候很多，此刻的趙一冬卻覺得，她需要他更多——這也是為什麼，她現在必須待在這裡。

＊＊＊

俞斯南坐在教師辦公室裡，正準備開始備課。快要迎來第一次段考了，每個班級的進度都有些吃緊，不加緊授課腳步是不行的——他長吁一口氣，拔開紅筆蓋正準備開始做筆記，卻感覺牛仔褲口袋的手機開始不斷震動。

他從口袋裡拿出手機，卻見來電號碼是家裡的電話。一定是趙一冬。

「喂，趙一冬，我現在在上班，不是妳能隨便打擾的時候——」

「大叔……救我。」趙一冬的聲音聽起來有些孱弱，像隨時都會飛散。

俞斯南皺起眉，「妳幹嘛？喂？喂？」

趙一冬沒再說話。透過手機，他能聽見她粗重的喘氣聲，猛然一聲驚叫差點沒穿破他的耳膜：

「啊——救命啊——大叔你快來救我啦——嗚嗚嗚——」

俞斯南傻了幾秒，下意識就是抓著手機往外衝，一路從辦公室跑到停車場，不曾放慢腳步。

「拜託，誰來救我都好啊——」

「誰快來救我——我到底做錯了什麼？我什麼也沒做——嗚嗚嗚——」

回憶的聲音好吵。俞斯南將油門踩到最底。

「啊——救命啊——大叔你快來救我啦——嗚嗚嗚——」

趙一冬的聲音好吵。

油門已經是最底了。俞斯南止不住憤怒，重重地搥了方向盤。他緊緊咬著下唇，闖過好幾個紅燈，在臺北的街頭四處亂竄——

下了車，他連車都沒停好，幾乎是用衝的，一邊從口袋裡狼狽地翻出鑰匙。

鑰匙探入孔洞，俞斯南試了幾次都沒對準，更是焦躁，死命地把鑰匙插進去。

終於，第五次嘗試他終於解開鎖了，他毫不猶豫地打開家門——他看見趙一冬驚恐的表情，還有……

驀然，他眼前一片黑暗。他甚至能感覺自己的臉上有什麼東西正在蠕動……

趙一冬的眼睛瞬間睜大，脫口而出：「我的天啊！」她蜷縮在沙發裡，爆出一陣驚恐的尖叫，「啊啊啊啊──小強飛到大叔臉上了啊啊！南無阿彌陀佛──轟哪咪咪轟──霹靂卡霹靂拉拉多多莉娜貝貝魯多──救命啊！」趙一冬的眼淚都飆出來了，雙手緊緊摀著臉不敢再看。

俞斯南的臉被小強攻占了。當俞斯南意識到這一點的時候，已經是趙一冬喊完那一串咒語後的事了──他的臉色逐漸發青，想要抽動臉頰卻又礙於臉上那隻不速之客而不敢動彈，他的臉都快要抽筋了……

一秒，兩秒，三秒，俞斯南沒有說話。

一秒，兩秒，三秒，俞斯南整個身體都在顫抖。

一秒，兩秒，三秒，俞斯南開口了。不只開口，還是怒吼。

「趙一冬！妳是白痴啊！」

「啊啊啊你不要亂動啦牠會飛起來啦嗚嗚──夭壽喔牠真的又飛起來了啦──我的媽呀不要飛過來──大叔你乾脆把牠吃掉好了不要讓牠靠近我啊──誰快來救我吧，嗚嗚嗚……」

混亂終於結束後，俞斯南把自己關在廁所裡，重複沖洗自己的臉。

趙一冬站在門外，尷尬開口：「對不起，我不是故意叫你回來的……只是我真的很怕小強啦！」

俞斯南沒答話，只是站在洗手臺前，再一次抹上洗面乳，準備開始洗第四次臉。

「拜託，誰來救我都好啊——」

「只要救我就好了，我只是叫你救我而已。」

腦海不斷浮現那些聲音，一字一句，不停在耳畔縈繞不去……俞斯南打開水龍頭，手掌捧起水往自己的臉上潑。

「我只是叫你救我而已。」

俞斯南感覺泡沫滲入自己的雙眼，伴隨強烈的刺痛……

「大叔，真的很對不起啦……你不要都不說話。」趙一冬倚在門口，沮喪說道，她頓了頓，又繼續說：「今天晚餐你想吃什麼？我今天親自下廚感謝你吧，嗯？所以不要不說話啦，我又不是故意的。」趙一冬整個人貼在廁所門板上，對著裡頭的男人不停說著。

突然，廁所門被向內拉開，趙一冬來不及保持平衡，「啊啊——」她整個人往浴室裡面倒，她趕緊閉上眼睛。

俞斯南一詫，趕緊接住了她。

趙一冬瞠大雙眸，發現自己栽進了一個溫暖的胸膛，臉頰一熱。

「我沒怪妳。」他的聲音從上頭悠悠傳來，一邊將趙一冬輕輕推開。

趙一冬漲紅了臉，目光直直定在俞斯南的胸膛，不敢看他的臉。

俞斯南沉著一張臉，他現在沒心情跟她鬧，只是說：「既然蟑螂都處理掉了，那我回去上班了。」

趙一冬抬起頭，只見俞斯南的臉上充滿水珠，滴滴滾落。

在這一刻，趙一冬甚至以為他哭了。她愣在原地，直到俞斯南走遠。

她還是不清楚發生了什麼，唯一知道的是他真的生氣了——不，那樣的情緒又好像不是生氣，而是一種，更為深沉的躁怒……

俞斯南的手機裡有好幾通未接來電，全是教務處打來的。他這時候人應該要在教室裡上課的。他眉頭一皺，撥了回去。

「我是俞斯南。對不起，我家裡臨時出了點事。」俞斯南打開車門，坐了進去，「真的很抱歉。」又道了幾句歉，俞斯南終於掛斷電話。

他遲遲沒有發動車子，目光盯著自家大門，眼神複雜。

一秒，兩秒，三秒，俞斯南長吁了一口氣。

一秒，兩秒，三秒，俞斯南苦苦一笑，點開手機的聯絡人，醒目的「趙河老師」四個字映入眼簾。

明明那些痛苦的回憶都過了那麼久，他以為自己的心早已如水一般平靜……為什麼趙一冬卻總讓他不自覺想起那些？

就像一塊石子投入湖水掀起圈圈漣漪——好不容易趨於平靜的水面，又再次有所波動。他真的不想回憶起那些。

一秒，兩秒，三秒，俞斯南準備按下通話鍵。

然而，到了最後一刻，他還是停下了。

俞斯南想起了，她來找他的第一個晚上。

那天晚上很冷，雨下得也很大。她當時在哭——即使下著雨，他還是看得出來的。

俞斯南就只是站在遠處。看著人們因為突如其來的大雨而逃竄著，人影交疊混雜——卻只有她，毫不猶豫地向前走著，在那些重重的黑影之中，踽踽獨行……而他只是靜靜望著。

看著趙一冬張開雙臂，任由雨水淋濕她的每縷髮絲、每吋肌膚——然後，他看見了，他看見她在哭。她的眼淚就像那場大雨一樣，來得如此突然。

大雨灑滿路面的聲響既宏亮又清脆，俞斯南卻好像只聽得見她的嗚咽；雨絲匯集模糊了視線，俞斯南卻好像能清楚看見她的淚水，混著雨水滑落臉龐。

擁有傷痛的人不會只有自己一個——俞斯南直到看見她的淚水才明白這一點。

活在這世上的人，沒有人不曾經歷悲傷。所以他不能那樣自私。

殘忍回憶有很多，一點一點匯集成一道大浪，總是試圖將那些在海上載浮載沉的人們捲入。

而他不能這樣自私，為了讓自己遠離大浪，就冷眼看著別人的船直直駛入大浪之中。

俞斯南嘆了口氣，最後還是把手機收進口袋裡，發動車子。

＊＊＊

回到學校以後，俞斯南坐在自己的位子上，繼續之前還沒結束的備課工作。下課鐘聲不久後就響了——俞斯南想起這節下課是打掃時間。

他本來沒有監督打掃的習慣，只有偶爾會到班上檢查一下而已——畢竟學生都高中了，連打掃都要盯未免太多管閒事——然而，他卻不自覺想起蘇亦弦。他眉頭輕皺，最後還是放下手中的課本，走出辦公室。

他進了班級，只見班上同學都認真打掃，沒什麼好挑剔的。衛生股長站在黑板前用手一把摸過去，確認板溝已經一乾二淨。

「衛生，過來一下。」俞斯南對著他說。

衛生股長一開始有些茫然，下一秒就猜到了導師想說些什麼，身體不禁一震。但他還是趕緊小跑步向前，尷尬笑問：「老師有什麼事嗎？」

「蘇亦弦的打掃工作怎麼樣了？」

「……當然排好了。」

「那他是什麼工作？」俞斯南環視了教室一圈，「他不在教室，那是負責外掃？」

「啊——不是，其實他的工作是……開燈、跟關燈……」衛生股長說得心虛，瞧了一眼俞斯南的眼色，發現不對勁又趕緊補充：「還有！還有開關電風扇！」

俞斯南濃眉一挑，「聽起來還真是有點多。」他揶揄道。

衛生股長嚇得解釋：「很多老師上課要用投影機，需要有同學幫忙關燈才能看布幕啊——這工作是很重要的！」

俞斯南的目光投向最後一排的位置，沉默半晌，他啟唇：「蘇亦弦的位子在最後一排。」他重新看向衛生股長，有種啼笑皆非的感覺，「你是說每次上課，老師一喊『幫我關燈』，他就會從最後一排橫越將近一整間教室的距離去關燈？」

衛生股長無話可說，只好投降，「老師——我說真的，蘇亦弦真的很可怕啊。安排打掃工作就算了，一想到我每天早上跟下午都要去他的位子把他叫去打掃，我就一陣毛骨悚然啊……」

「他真的有這麼可怕嗎？你把他講得像個不良少年。」俞斯南失笑。蘇亦弦不就只是個喜歡上課睡覺的學生而已，哪有這麼嚴重？

「老師你不知道嗎？」衛生股長很是驚訝，「聽說他以前在國中常常打架，還差點被退學！」

「聽來的東西我是不會信的。」俞斯南斂去笑容，「你也少信一點吧，不要成為盲目的人。那會讓未來的你後悔萬分。」說完，俞斯南拍拍衛生股長的肩膀，離開教室。

「……哼，現在他都翹課了——還說什麼少信一點？翹課還能幹嘛？一定是跑去打架了啊——要不是怕他揍我，我就直接把他翹課的事跟老師講了……看還有哪個老師覺得他不是不良少年。」

衛生股長翻了個白眼，嘴巴念念有詞，轉頭又繼續做自己的事。

然而，蘇亦弦翹課的事情其實根本不需要由衛生股長來說——

俞斯南從教室回到辦公室，還沒坐定就聽見分機電話響起。他順手接起來，是學務處打來的。

「俞斯南老師在嗎？」俞斯南認得出來，是教官的聲音。

「我就是。」俞斯南察覺了不對，眉頭輕皺，「教官，怎麼了嗎？」

「你們班的蘇亦弦鬧事了。」

鬧事？俞斯南微瞠雙眸。

「聽說他以前在國中常常打架，還差點被退學！」衛生股長那極為肯定的眼神和語氣在此時竄出腦海。

即使如此，俞斯南沒傻到在這種時候就相信衛生股長講的話。在釐清事實真相前，他是無條件相信蘇亦弦的。

一走進學務處，就發現學務處人滿為患。除了教官及一名輔導處的老師之外，沙發上坐著顯然就是這次事件主角的蘇亦弦和另外兩名同學，三人臉上都帶著傷，傷口有著剛擦藥的痕跡。

才剛擦過藥就被抓來約談，想必這事鬧得不小。

俞斯南不自覺吮住下唇，心中有種莫名激昂起來的躁鬱感——他試圖平靜下來，問道：「怎麼回事？」

教官伸手指向蘇亦弦，言詞犀利：「是他，蘇亦弦他揍了這兩個同學！」

旁邊的輔導處老師明顯慌張了起來，在教官耳畔低語：「教官，你冷靜一點，這件事還沒問清楚啊！你這麼激動，學生的面子——」

「這種人還需要給面子嗎？」教官怒瞪輔導老師。

俞斯南覺得教官說的那些話萬分刺耳。「有什麼證據嗎？」俞斯南冷冷地問。

「還需要什麼證據？他們兩個都說是蘇亦弦做的，還需要什麼證據？」教官越說越激動，連俞斯南都快聽不下去，何況是當事人——蘇亦弦帶著傷的雙眼狠狠往上一瞪，面露狠戾。

「你看！這麼兇的眼神——說他是被揍的那個，我可不相信。」教官指著蘇亦弦，吼得氣喘吁吁。

輔導老師完全不知所措，他只擅長輔導學生，可沒輔導過這種思想迂腐的師長——

俞斯南吮緊下唇，唇色有些泛白。他強忍想要發怒的慾望，向那三名學生仔細看了看。

蘇亦弦撇過頭，不再看教官，而他的表情帶著濃厚的傲氣。

坐在左邊的學生眼神胡亂飄移著，不時偷覷蘇亦弦，面色泛白。

坐在右邊的學生只是低著頭，俞斯南看不見他的表情。

俞斯南覺得這三個人之間流動的氣氛有點奇怪。

俞斯南沉吟一陣，開口：「讓我先和蘇亦弦單獨談談吧。」

「還談什麼？我馬上就要記他大過一支了——還談什麼？」教官不斷嚷著，很是氣憤。

「蘇亦弦，談談吧。」俞斯南面色不改，只是盯著蘇亦弦，「過來吧。」

教官氣急敗壞，「俞老師你有沒有在聽我說話？我說了沒什麼好談——」

「蘇亦弦。」俞斯南打斷了教官的話，只是繼續呼喚蘇亦弦的名字，「我說，跟我談談吧。」

蘇亦弦輕輕望了一眼俞斯南。始終沒有動作。

「不想跟我談嗎？」俞斯南問。

蘇亦弦仍是沉默。俞斯南的眉頭緊蹙，跟著安靜了下來。

突然，「那換你跟我談吧。」俞斯南指向蘇亦弦左邊的學生，「過來吧。」

蘇亦弦一驚，瞪大雙眼，「俞斯南，我跟你談。別找他。」

「你看！要不是做賊心虛，他幹嘛怕你約談別的同學？還叫你全名，哪來這麼沒大沒小的學生？」教官指著蘇亦弦，像是抓到什麼把柄一樣，小題大作。

俞斯南壓根沒想理教官，走上前把蘇亦弦的手抓住，直直往學務處外走去——

「現在，你有什麼想澄清的嗎？」俞斯南問。

蘇亦弦沉默，沒有說話。

「我很相信你的。」俞斯南開口。

正因為相信，所以才希望他能自己解釋。讓俞斯南知道，他對蘇亦弦的信任並沒有被白費——

蘇亦弦冷笑一聲，「你想表示什麼？對我感到失望了？讓我猜，你等一下會看著我的眼睛，跟我說我的本質並不壞，只要我真心改過，你對我的信任就會一直像以前一樣深厚。然後叫我不要放棄，不要再讓你失望。」

俞斯南一詫，「我不是那個意思，我想說的是——」

「無所謂，俞斯南。」蘇亦弦瞪著他，「我寧可你像教官那樣直接認定我有罪，也不要在這裡裝一副熱血教師的樣子。那樣真的很噁心。我不屑你的信任，你要對我失望還是怎樣都隨你——反正我就是打了人，你就讓教官記我過吧！」說完，蘇亦弦頭也不回地轉身，走進學務處。

俞斯南的眉頭緊擰，他想說的話很多，然而說不出的也很多。他只能看著蘇亦弦走進學務處，繼續聽著教官用那種銳利的言詞刺傷他。

「俞斯南，所以你知道你錯在哪了嗎？……為什麼不說話？俞斯南——你是當了太久的模範生，想嚐嚐看記過的滋味嗎，哼？」

為什麼不相信他……

「斯南，我只是要你救我而已——現在，我也同樣恨你。你們都一樣噁心。快點走開！我真的很討厭你！」

為什麼要討厭他……

「大叔！大叔——你怎麼了？大叔？」

俞斯南猛然睜開雙眼，一口氣也喘不上來——他不停抽搐，眼前的趙一冬面容模糊——

「拜託，誰來救我都好啊——」

「斯南，我只是要你救我而已——」

他上氣不接下氣，完全吸不到空氣，只能不斷在地上抽搐——他的意識模糊，全身幾乎已然痙攣——

「你呼吸慢一點！慢一點！你等我喔！」趙一冬的語氣滿是焦急，朦朧中，只見趙一冬衝出房間，過沒多久又跑回來，手上拿了某知名書店的紙袋，她急急把塑膠袋湊到俞斯南的嘴巴上，她強壓心底的慌張，開口：「好，現在開始呼吸，慢慢的……慢慢的……對，慢一點……」

隨著趙一冬的口令，俞斯南的呼吸逐漸放慢。

他每吐一口氣，紙袋就跟著膨脹，吸進一口氣，塑膠袋就跟著壓縮——他覺得自己好累，從心底到身體，都是滿滿的疲倦……

「沒事的，大叔，我在你身邊。我會保護你的！」

這句話如同冬日裡的陽光，灑落心頭，最後一點一點滲入心頭——眼前逐漸轉黑，閉上眼睛的最後一刻，他聽見她在他耳畔低語：「睡吧，我會保護你。」

他安然閉上雙眼，沉沉睡去。趙一冬看著俞斯南熟睡的模樣，終於鬆了一大口氣。

大叔一下班回來就跑進房間，怎麼叫他都不理人，直到趙一冬聽見有什麼東西倒下的聲音才急急衝進他房間，看見的就是他倒在地板上抽搐的恐怖模樣。

她還心有餘悸，臉色略微泛白。

「真是個讓人擔心的大叔耶……」趙一冬望著俞斯南的臉，無奈地說。

突然，她想起爸爸曾經說過的，關於俞斯南——「斯南這個孩子……唉，總之，比起妳，我覺得斯南會更常有需要幫助的時候。」

＊＊＊

俞斯南是被吵醒的。朦朧之中，他聽見有什麼東西猛然摔落地板的聲音，一陣重擊悶響，他驚醒。

頭有些重，眼睛有點酸，記憶有些混濁。他不清楚昨天自己是怎麼回到家的，更不清楚自己是何時入睡。

只記得他進家門的時候，趙一冬重複念叨問他喜歡吃什麼。當時的自己並沒有回答，逕自回到房間。

之後一定有發生過什麼，他有這樣的感覺，卻什麼也想不起來。

砰的一大聲，房間外又傳來一聲巨響。和第一聲巨響相比有些不同——第一次的悶響像是金屬碰撞、第二次聲響則清脆得像是什麼東西應聲碎裂。

俞斯南從床上起身，打開房門向外看，什麼也沒有。他走向客廳，經過廚房時得到了解答。

趙一冬站在瓦斯爐前，呆望著地板上灑落的碎片，一臉無措。除了地上的碎片之外，整間廚房像是颱風過境……地上有鍋子在滾動、流理臺上全是蛋殼，混雜蛋汁汩汩流動、旁邊落了一堆菜葉，每一片葉都是被風吹爛的模樣、桌子上一大片粉末不曉得是什麼，堆成了一座小山……眼前的一切都亂七八糟。

俞斯南倚在門口看她，默不作聲。他感覺自己的度量自從趙一冬入住以後就在無止盡擴大，看到眼前這副景象，他還無法動怒——又或者說，他已經懶得向她生氣了。因為那根本沒用。

「吼，我只是想煮個飯……怎麼這麼難？」趙一冬嘴裡念念有詞，暫且還不想管地上那些碎片，只是試圖想打開瓦斯爐的開關，她先是往右一轉，沒有火，她只好換一邊轉，仍是沒有火，但陣陣瓦斯味緩緩飄來……

「天啊！這樣是不是會爆炸啊？」趙一冬驚叫，慌忙把開關拉回原位。

看來她已經放棄開火了。俞斯南猜想著。

她嘆了口氣，轉而低下身子去撿那些碎片。一看見趙一冬伸出手要去撿，俞斯南差點沒暈倒——「別碰，趙一冬！」

趙一冬被嚇到了，整個人抖了一下，手指不小心順著滑過碎片的稜角，手指頓時滲出血來。俞斯南趕緊把臉撇開，看都不看一眼。

他半側著臉走上前，一把將她拉起往客廳走，頭也不回。

趙一冬愣愣地跟著他走，大叔一直往前走，一眼也不看她，像是生氣一樣。

她不禁又想起先前大叔對她喊著不要碰牆壁的光景。

難道這大叔除了喜歡花內褲和花牆壁之外，還喜歡花盤子？——不對耶，剛那盤子上沒有花啊。

「欸，大叔，你可不可以把你不喜歡我碰的東西一次講清楚？你這樣每次莫名其妙生氣，我真的有夠困擾耶！」

俞斯南抽了抽眉角，「妳在說什麼？」他忍不住皺起眉，卻還是沒正眼看她。

他不再理會她的吵雜，轉身把沙發旁的置物櫃打開，不停翻找些什麼。

他拿出家用醫藥箱，把趙一冬拉到沙發上，又將醫藥箱放到桌上。「自己包紮吧。」俞斯南說道。

他的目光明顯在迴避些什麼——趙一冬有點困惑，問：「你生氣了？為什麼？」

「我是該生氣，但我沒生氣。」

「那你幹嘛要側著臉跟我說話啊？」趙一冬有些憤然，「我知道我搞砸很多東西，但我是為了要做菜給你吃耶！我這麼用心，你這樣對我好嗎——哼，混蛋大叔。」

俞斯南沉默，側著臉，遲遲沒有接話，像是在猶豫什麼。

「之前你不說話是為了等我自己解釋，那這次我沒有要解釋的事情了吧？」趙一冬問，「那你沉默是幹嘛啦！」

趙一冬從沙發上站起身，想要湊到俞斯南眼前，卻被俞斯南一把擋住——他緊緊閉起眼睛，艱難開口：「……把妳的手拿開。」他的語調顫抖，「我……怕血。」

本來以為趙一冬會笑他的，俞斯南幾乎已經做好心理建設。

趙一冬卻只是摸摸鼻子，「原來是這樣喔？好吧。」她答得很自然，一邊走到沙發上乖乖坐下，打開醫藥箱拿出生理食鹽水和優碘，她手傷的手指微微翹起，試圖轉開藥瓶，卻因為那隻受傷的手指，怎麼轉也轉不開。

「大叔，我轉不開耶！」她鼓起腮幫子，「幫我開。」她特意伸出沒受傷的那隻手，湊到大叔眼前，俞斯南先是怯然地望了一眼，發現眼前的那隻手並沒有傷口才放心下來，接過藥瓶，一把扭開。

趙一冬熟練地夾起棉球，浸了一些生理食鹽水後將傷口擦拭乾淨；隨後又拿起另一塊棉球沾上優碘，以內向外畫圓的方式在傷口上細細消毒。

最後她抽出紗布，將它剪成適合包覆手指的大小，覆上傷口，再用膠帶將紗布四邊貼好。大功告成。

俞斯南雖然不敢正眼看她，但用餘光觀察就能知道趙一冬的動作有多流暢。

即使這些消毒手法算是很基本的常識，但一想起剛搞得廚房差點失火的那個女孩，現在處理傷口竟如此熟稔，前後對照，他不禁有些吃驚。

猛然，腦海閃過了什麼。

是趙一冬朦朧的臉在眼前不斷閃爍，還有紙袋的氣味，隨著他的呼吸起伏沁入鼻腔——他終於想起昨晚的事情。

昨晚並不是他第一次這樣，雖然已經很多年沒有發作了，但他仍對此非常熟悉。

那叫做「過度換氣症」，大學時他曾因為突然發作而被朋友帶到急診。症狀舒緩之後，醫生說，發生過度換氣症的人主因大多是急性焦慮，建議俞斯南轉到精神科接受專業諮詢。

但他那時沒有多加理會，他還沒有勇氣面對讓自己焦慮的那件事。

當時醫生也教了他緊急時舒緩的方法——用紙袋摀住嘴巴，調整自己的呼吸。

還沒細想，趙一冬的聲音就傳來：「大叔，我包好了啦！不要那一臉驚恐的樣子。」趙一冬笑了笑，還是忍不住調侃，一邊將藥瓶一罐罐收入醫藥箱。

「趙一冬。」俞斯南將頭轉過來，望著她，「昨晚，很抱歉。」

趙一冬手上的動作一滯，抬眼看著俞斯南。她彎起眉眼，露出一抹笑容，一抹很純粹的笑容。

俞斯南到此時，才發現趙一冬笑起來的時候，嘴角有小小的梨渦。

「大叔，你去看過醫生了嗎？」趙一冬把全部的東西收進藥箱，又將箱子一把闔上。

俞斯南沉默了一陣子，沒有回答。

趙一冬抬起眼來，望入俞斯南深邃的眸裡，若有所思地問：「……看過了？」

俞斯南沒有正面回答，只是轉而問道：「趙一冬，妳在被退學之前，念的是護理系嗎？還是……」

「是醫學系。」她抬眸，笑盈盈地望著大叔，「怎麼樣？很吃驚嗎？我可是很聰明的好嗎——」

雖然這個年頭，念醫科早已不是首選，但能念醫科——況且他家附近有醫學系的大學，也就只有那麼一間了，全臺公認最頂尖的那間——能進入那間學校，成績的確算是極好的。

俞斯南實在很難聯想，趙一冬這樣笨手笨腳的模樣，念的竟是頂尖大學的醫學系。

「人真不可貌相。」俞斯南淡淡地給了一句評語。

趙一冬眉頭一挑，「你說什麼啊？沒禮貌！我才覺得你這麼冷淡的人當老師很奇怪呢！」她正要繼續發怒，卻被俞斯南下一句話打斷了——

俞斯南不疾不徐，輕輕坐到趙一冬身邊，問：「妳為什麼要念醫科？」

趙一冬有些詫然，偏頭想了想，開口：「救人不好嗎？想救人所以念醫學系、想幫助病患所以想當醫生——」

俞斯南正要開口，卻被趙一冬打斷：「我想，你去問十個醫學系的學生，大概有九點五個都這麼回答吧——可惜我不是。」

俞斯南不發一語。趙一冬已經習慣了，大叔沉默的時候，往往都是在等對方自己解釋。一開始會覺得俞斯南這樣是在耍大牌，時間久了，趙一冬卻又覺得這是俞斯南尊重對方、認真傾聽對方說話的表現。

於是，她主動開口：「我想成為一名醫生。原因不只是想救人，還有想救自己。」

俞斯南繼續沉默著，一雙眼睛卻直直盯著她。

「大叔應該知道，我的媽媽在我很小的時候就過世了。其實，她會去世，有很大的原因是醫生誤診……詳細的狀況我不知道，也不想知道——因為會感到難受，所以乾脆不要知道了吧——唯一確定的是，如果醫生沒有誤診，也許我媽媽就不會死了。」她頓了頓，扯出一抹笑。

她將髮絲塞到耳後，繼續說：「小時候偶然聽見大人們討論這件事，我的世界幾乎都要毀滅了。於是那之後，我超級排斥看醫生，每次去醫院都會覺得很難受……覺得世上每個醫生都是壞蛋，連走在路上看見穿白色衣服的人都會大哭。讓爸爸煩惱了好一陣子。」

她喘了口氣，像在安撫自己，接著才又說下去：「長大懂事了，知道不是所有醫生都是罪人，但我仍對當初傷害我媽媽的那個醫生無法諒解。」她笑了笑，有些苦澀，「爸爸常跟我說，能讓自己變得更好的方法，就是不要成為自己小時候討厭的那種大人——所以，我特意走上醫學這條路，想成為好的醫生，抹滅『醫生』這個角色在我心中留下的陰影。」

俞斯南抹了抹臉，心中五味雜陳。趙一冬每說一句話，就像丟出一顆石子，在他心中掀起圈圈漣漪——

「不過我現在被退學了，講什麼都沒用了啦。」趙一冬笑得尷尬，突然話鋒一轉：「那大叔呢？為什麼當老師？」

俞斯南沉吟半晌，薄唇一掀：「和妳……是同樣的原因。」這句話，感覺像說了很多事，卻又好像什麼都沒說。

「大叔以前遇到不好的老師嗎？」她望著大叔，問道。

俞斯南沉默一陣，「嗯，差不多是那個意思。」他抬起眼看著趙一冬，看著自己的臉映在她清澈的眸子裡，又是一種無地自容的感覺襲上心頭。

他打算要趙一冬停止討論和他這個話題，卻聽見趙一冬先說話了：「我知道你一定不想跟我討論這個。」趙一冬笑了笑，「所以我不會跟你討論的，別擔心。」

這一刻，俞斯南覺得趙一冬有些陌生。

趙一冬到底是怎麼樣的人呢？又或者說，她的腦袋裡到底都在想些什麼？俞斯南莫名地很想知道。

「但我覺得有件事情必須跟你討論一下——」趙一冬突然正經起來，看著俞斯南。

俞斯南沉默。

「嗯……你知道今天不是週末嗎？」趙一冬問。

俞斯南仍然沉默。

「然後，現在已經早上八點了。」

俞斯南冷著一張臉，緩緩站起身，往房間走去。

然後趙一冬聽見櫃子被粗魯拉開又關上的聲音，砰砰砰響個沒完。她忍不住竊笑。

＊＊＊

俞斯南站在窗外，遠遠望入教室。

蘇亦弦此刻正坐在座位上，手裡捧著漫畫，似乎是看得入迷。他臉上還帶著未癒合的傷，卻連一點包紮都沒有。

對於蘇亦弦對自己的那些誤解，比起生氣，俞斯南覺得占據心頭更多的是有種理想被粉碎的空虛感。

曾經，他以為自己成為老師，就能挽救以前的自己。就像趙一冬想當醫生是為了抹除自己心底對醫生的不諒解——俞斯南也是這麼想的。

所以，當上老師的這幾年來，他努力在扮演一個好老師。那樣，就能免除許多人像他當初被老師誤解的命運，他就能不讓這些學生受到與他相同的傷害。

可是蘇亦弦不肯相信他。

俞斯南驀然想起一句話：

——幫助人的時機，並不是給予幫助的人決定的。決定權在那些接受幫助的人手上。

蘇亦弦不肯接受他的幫助，那麼俞斯南給予的幫助也就淪為累贅。

俞斯南低下頭，不自覺吮住下唇。腦海飛掠過許多想法。

也許他現在能做的，就只有等。等蘇亦弦願意敞開心房，願意接受幫助。

＊＊＊

趙一冬站在學校大門前，手裡還提著熱騰騰的便當。她嘴角不自覺上揚。

哼哼，聽見她之前是醫學系的，大叔竟然這麼驚訝——一定是在鄙視她什麼都做不好，還把廚房弄得一團糟。

她撇撇嘴，「我趙一冬這個人最禁不起鄙視了！」她握緊拳頭，對著校門嚷著，「混蛋大叔竟敢鄙視我，哼哼，早上會弄成那樣只是意外！意外啊！」

她笑得狡黠，伸出貼滿膠帶的手，端詳一陣，「對，這些傷口也只是意外而已嘛！」她吃吃笑著，「我花了一個上午做了這麼美味的便當，就不信大叔還會鄙視我！」

由於是午餐時間，加上這所高中開放學生訂購外食，因此有不少學生和師長在校園門口徘徊，人潮不斷。

趙一冬以嬌小身型躲在人群中，順利躲過了警衛的目光。成功進入學校後，她邊走邊念叨著：「我用我醫學系的腦袋研究了一個上午的食譜，我就不信做出來的東西不好吃，我可是趙一冬耶，南部補教天王趙河的女兒——大叔敢說不好吃，我就衝去廣播室把他穿花內褲的事詔告天下！」

走在校園裡，趙一冬東張西望，喃喃自語道：「話說回來，我根本不知道大叔的辦公室在哪啊……」

她看著一棟棟教學大樓，每棟都長得差不多，中間連了一堆亂七八糟的通道，這是要怎麼找起啊……去問警衛嗎？不行，要是這所學校不許外校人士進入，她去問警衛不就是自投羅網？到時被大叔知道了，他一定又會狠狠鄙視她一回。

不行！士可殺不可辱！被大叔鄙視是她絕不能接受的——

想到這裡，她心裡已有定見：既然警衛問不得，那問學生總可以吧？問一個看起來傻一點的，沒什麼殺傷力的，以她的唬爛功力，應該騙得過。

她在校園裡走走停停，摸索了一陣，卻連一個學生的影子也沒看見。

趙一冬站在校園正中央，抬起眼望著天空。今天的天氣很舒服，不冷不熱，微風徐徐，揚起她的髮絲，在陽光下熠熠生輝。她輕輕捧起自己的一縷髮絲，突然有什麼浮現心頭。

俞斯南有著寬闊的肩膀。在那裡，一片黑暗之中，他的雙眼像是夜空中最明亮的星子，他朝她伸出手，骨感分明的手指，上頭長著細細薄繭，摸起來沙沙的。他以那樣漂亮的手指，遞給她雨傘；他以那樣美麗的眼眸，望入她的瞳孔……

「好像該剪頭髮了。」趙一冬看著自己的髮絲，腦海浮現的卻是俞斯南那有些過長的瀏海，「大叔的瀏海快蓋到眼睛了。」

說完，她忍不住微笑，握緊了手中的便當，準備繼續向前走。

「哦，十二點鐘方向，看到學生！」趙一冬輕輕舉起手，指向正前方，她不自覺躲到牆後，開始分析：「嗯……文弱書生一枚。走路微駝，代表缺乏自信；眼神閃爍，代表慌張心虛；白白淨淨，代表毫無殺傷力！」趙一冬閃過一抹笑容，正要走上前，卻見視線範圍內又撞入一個男孩——

剛來的男孩，和那名文弱書生有著截然不同的氣息。雖然外表也是白淨類型的男孩，但他的身型高挑，最明顯的是，他眼神有著一股戾氣，帶著一絲孤冷。簡單來說，剛剛的文弱書生若是小綿羊，現在這個男孩就是披著羊毛的大野狼。

「你找我？」大野狼說話了，語氣不冷不熱。

小綿羊看著他，面露忐忑，顫抖著唇：「……蘇亦弦，對不起。要不是我太懦弱，你一定不會——」

「別說了。」名叫蘇亦弦的大野狼別過臉，「教官早就看我很不爽了，你說什麼他都只會覺得是我的錯。還有，我幫你也不是為了要你對我心懷愧疚或感激——那很噁心。所以你就趕緊叫你媽替你轉學吧，霸凌這種事，有一就會有二。你趕快滾出這間學校。」

小綿羊低著頭，肩頭一縮一縮，像是要哭了一樣，「真的對不起……我竟然、竟然說是你打了我……」站在一旁的趙一冬看見有淚水從小綿羊的下顎滾落。

大野狼似乎不為所動，只是輕吐字句：「我沒差。」

哇賽——趙一冬忍不住在心底驚嘆，怎麼天底下有這種事情？她隨便走一走都能聽到這種祕密？

不過她越聽越聽不下去——現在這個小綿羊是在裝什麼無辜？不是大野狼打的就直接說啊……現在還在這邊道什麼歉啊？有種就該去跟教官講啊！——好吧，要是他真的有種，大野狼應該也不會被輕易誣陷。

「比較令人討厭的是那個俞斯南——」大野狼又開口了。

趙一冬聽見那個熟悉的名字，冷不防抖了一大下。她準備繼續聽下去，卻發現大野狼根本沒有要說的意思。他只是望著遠處，眼神複雜。

趙一冬咬了咬下唇，突然覺得一絲煩躁感縈繞不去，有種火氣一直在飆漲的感覺……

「好了，你快點從這間學校滾出去。我走了。」丟下這麼一句話，雙手往口袋裡一插，大野狼頭也不回地邁開步伐。

不對啊，他們都走了，她要找誰問路啊？她躲在牆後，愣了幾秒——等她回過神來的時候，她聽見自己的聲音在空氣中飄然遠播——

「喂，大野狼！」

蘇亦弦應聲轉過頭來，困惑地望著她。

趙一冬妳幹嘛呀，要叫也是叫住那隻小綿羊啊，怎麼會叫住這隻大野狼——她在內心哀號，差點沒像鴕鳥挖個洞把自己埋進去——下一秒她才赫然想到：她幹嘛怕他啊？莫名其妙。

想到這一點，她挺直背脊，清了清嗓子，笑得燦爛走上前。

「我說，這位大野——我是說，這位同學，我想問一下俞斯南的辦公室在哪裡？」

蘇亦弦眉毛一挑，目光上下打量她一陣，趙一冬覺得毛骨悚然，正要出聲制止，卻聽見大野狼開口說了什麼。

「女朋友。」不知道哪來的自信，蘇亦弦用的是肯定句。

趙一冬愣了幾秒，遲遲反應不過來，「蛤？你說誰是他老婆？我？」她驚訝得下巴差點沒掉下來——

「……我說的是女友。妳腦子有問題嗎？」

趙一冬煞有其事的點點頭，「喔，我腦子有問——不對，你這死小孩！說什麼鬼話啊——」趙一冬面色脹紅，怒氣飆漲，一副要直接衝上去跟蘇亦弦打架的樣子。

蘇亦弦一個驚嚇，左閃右躲，「哇靠，原來俞斯南喜歡這種頭腦簡單、四肢發達的——」

趙一冬心頭那把火被轟的點燃了，她扯開嗓子，破口大罵：「誰頭腦簡單?你才頭腦簡單啦!沒事耍什麼帥替別人背什麼黑鍋啊!根本白癡啊——」

罵完，趙一冬才回過神來，她看著蘇亦弦一臉的愕然，她也同樣吃驚，整個人愣在原地。沒想到自己一衝動起來，竟然就把內心話全部喊出來了。

「咳咳咳——」趙一冬撥了撥自己散亂的頭髮，微微彎起嘴角，音調轉柔，啟唇：「不好意思，這位同學，請問俞斯南的辦公室在哪裡呢?」

蘇亦弦還處在不知所措的狀態之中，手指微指向遠處，「那裡……」

「喔，好，謝謝囉!」說完，趙一冬幾乎是以光速逃走。

＊＊＊

俞斯南從走廊另一端走過來，遠遠就看見熟悉的人影。

他差點就要發火，但他沒有。趙一冬平時難以捉摸的行徑，一次又一次，早已使俞斯南的度量訓練有素。

她就站在那裡，嬌小的身影佇立在辦公室外面，探頭探腦。她的頭髮帶著淡咖啡色，在陽光的照耀下閃閃發光，白皙的脖頸在髮絲摩娑之下若隱若現。

他滾動喉結，「趙一冬。」

女孩身影一震，緩緩轉過身來，對他露出一抹心虛的笑容，嘴角浮出淺淺梨渦。俞斯南長腿一邁，走上前。

趙一冬矮了他很多，每一次的談話，她總是昂起小臉望著他。正因為如此，他總是能清楚望入她那雙清澈的眸子。

俞斯南不吭一聲，直直望著趙一冬，想等她解釋。

「我是來送便當的啦！」趙一冬吐吐舌，把手中的便當袋高舉過頭，「吃嗎？」

肚子很飽——這是俞斯南心裡唯一閃過的念頭。今天上午是導師會議，結束後所有導師相約一起去飯館用餐，畢竟算是種應酬，他沒理由推託，甚至吃得比平常還多了些。

他沉吟一陣。先不說肚子很飽的問題，趙一冬做的東西能吃嗎？還有，家裡還好嗎？會不會待會看見自家房子失火的消息出現在新聞畫面裡？

趙一冬又把手中便當舉得更高，等待他的回答。這個動作也讓俞斯南清楚看見了，她手指上纏了很多膠帶。

「你該不會已經吃過了吧？」趙一冬閃過這樣的想法，瞬間覺得可能性極大，於是有些頹喪地把手放了下來——俞斯南抓住她的手臂，差點就要開口答應。

轉念一想，俞斯南有些忐忑：「……妳應該，記得關瓦斯爐吧？」

趙一冬愣了一下，皺了皺眉：「廢話！當然有啊！你以為我腦子有問題嗎？」說到這裡，她一詫，不久前好像的確有人罵過她頭腦有問題啊。

「欸，大叔，你是不是對學生很不好啊？」趙一冬問。

俞斯南一臉疑惑。

「我剛聽見有學生說你壞話。」

俞斯南沉默。

「還聽到了一個勁爆的祕密。」

俞斯南挑眉，似乎在無聲探問。

「你先把便當吃掉我再告訴你。」

「先吃吃看，」他說，看了一眼她手裡的便當盒，「確定能吃，我再吃。」俞斯南淡然答道。

坐在導師辦公室裡，趙一冬拉了張椅子坐在俞斯南旁邊，托著腮看他打開便當盒，滿心雀躍。

俞斯南看了一眼便當，黑漆漆的一片，還帶著燒焦味，果然夠慘。他又瞟了一眼趙一冬那充滿期待的眼神。

他不著痕跡地撫向自己的肚子，不容忽視的飽脹感。

「哈哈哈……賣相是有點差啦！但口感很好啊！快嚐嚐看——」

俞斯南忍住那股飽脹感，夾起一顆黑掉的荷包蛋往嘴裡送。

「口感果然很好啊，趙一冬。」

趙一冬聽了，面露喜色，「對吧？我就說吧！拜託，你還在那邊鄙視我？我認真起來也是——」

「還脆脆的。」俞斯南面色淡然，直直望著她。

趙一冬一詫，「蛤？蛋怎麼會脆脆的？」

「這應該問妳吧？」俞斯南無奈，「怎麼這麼多蛋殼。」

趙一冬聽了，張大嘴巴，下一秒便惱羞成怒，「哼！不吃就不吃嘛！餓死你算了！爸爸說浪費食物會天打雷劈——你等著變烤大叔吧！」她癟起嘴嚷著，一手乾脆把便當盒給闔上。

俞斯南看得想笑，用手撥了撥自己散落額上的劉海。

趙一冬餘光瞥見他的行徑，喃喃：「真的該剪了。」

俞斯南沒聽清她說了什麼，微皺起眉。

趙一冬有些心虛，跟著沉默下來，絲毫沒有要主動解釋的意思。

既然沉默得不到解答，俞斯南也就此罷休。然後俞斯南想起了什麼，「對了，妳本來要和我說什麼？那個祕密。」他問道。

趙一冬撇過頭去，「哼，敢嫌棄我的便當，誰想告訴你啊？」

俞斯南勾了勾嘴角，「那就算了。」

趙一冬慌了，轉過頭看著俞斯南，「好啦，我告訴——」

「不准說！」驀然，一道男音傳來。趙一冬覺得有些熟悉，轉過頭去，映入眼簾的是那個學生——那隻大野狼。

「哦，是大野狼！嗨。」趙一冬舉起手，指向蘇亦弦。

俞斯南明顯一頓，搞不清楚現下是什麼狀況。

突然，蘇亦弦邁開步伐，直直走向趙一冬，他猛然伸出手抓住她的手，直接往外拉——趙一冬驚聲尖叫：「啊啊啊啊，大野狼你要幹嘛？光天化日之下強擄民女？」

俞斯南下意識伸出手，環住她的腰間，將趙一冬一把攬到懷裡。

他薄唇一掀：「蘇亦弦，你有什麼事？」

蘇亦弦瞪著俞斯南，默不作聲，鬆開了拉住趙一冬的手。

看著蘇亦弦把手放下，俞斯南才跟著將手從趙一冬的腰上挪開。

「你好好講我就跟你去了啊，拉什麼拉啊……」揉揉自己被拽得發紅的手腕，趙一冬從椅子上站起身，「大野狼，啊不對，是蘇同學。你有事找我啊？」

突然，她想起自己剛剛對大野狼罵的那些話——不會吧？他等一下該不會說什麼：「妳是第一個敢當面吼我的女人，本少爺對妳很有興趣，做我的女人吧」這種話吧？

天啊天啊天啊——她才跟他見一次面啊，這可不行啊，何況她不喜歡正太！

「跟我來。」蘇亦弦咬牙切齒，拋下這麼一句話便走出辦公室。

趙一冬有些愣然，轉頭看了一下俞斯南。而俞斯南只是抿起唇，沒說話。

於是趙一冬乖乖跟著蘇亦弦走出辦公室，心中有一股莫名的緊張感。

「……我只說一句話，別把妳聽到的事告訴俞斯南，一個字也不許。」還沒等趙一冬走到定位，蘇亦弦直接切入正題。

喔，原來偶像劇什麼的是她想太多了。她摸摸鼻子，開口：「給我一個答應你的理由。」

蘇亦弦有些詫異。他還以為趙一冬是個頭腦簡單的人，只要他一開口就會答應，看現在這情況，顯然是他想錯了。

「我知道你現在應該覺得很驚訝，頭腦簡單的我怎麼會懂得說出這種話——然後你因為太驚訝了所以根本想不到理由。好吧，姊姊我也不是什麼不近人情的人，我就換個方式跟你談好了啦！」趙一冬笑得燦爛，「來交換條件吧，怎麼樣？」她笑出聲，聽在蘇亦弦耳裡有些刺耳。

「我只給你三秒考慮哦，不說話就是同意啦！」趙一冬一邊說，一邊用手指比出「三」，笑咪咪望著蘇亦弦。

「三，」她喊，「二，」趙一冬的手指收回了一根，接著她把嘴巴咧成一字型，聲音還沒傳到空氣中，就聽蘇亦弦開口：「我不要。」他說，聲音冷得很。

「一！」趙一冬完全沒理會他，得意地笑著，「好，三秒過了，你沒說話，算同意啦！」

蘇亦弦完全無言以對。

「我的條件很簡單，那就是……你要把剛剛那些俞斯南的壞話說完，而且只跟我說！」趙一冬露出兩排白牙，雙眼閃著光芒。

蘇亦弦這次真的傻住了，說不出話來，許久才吐出這麼一句話：「……妳不是他女朋友嗎？」言下之意就是「這世上怎麼會有妳這種女友，我真為俞斯南感到悲哀」。

趙一冬怒喊：「喂！我就說了我不是他老婆了啊——聽不懂人話？我看起來有到適婚年齡嗎？好說歹說我也才十九歲耶。」

現在聽不懂人話的到底是誰？蘇亦弦實在不敢再去深究。

＊＊＊

回到辦公室的時候，趙一冬才發現辦公室已經陸續有其他老師進來了。她也不敢再打擾，走進去拿起她帶來的那個便當，趕緊離開。

俞斯南望著她離去的背影，不自覺勾起嘴角，手中捧的咖啡卻不停往嘴裡送，「真的有點難吃啊……」他試圖用咖啡沖淡那股在嘴巴裡瀰漫不去的焦味。

走在路上，她疑惑地掂量手中的便當盒——總覺得重量有點不大對勁，她忍不住停下腳步，動手把便當盒打開。眼前的畫面差點沒嚇壞她，她先是眨了幾下眼睛，發現便當盒還是空的，就乾脆伸手去揉。再次張開眼睛時，她看見的便當依舊空空如也，連一顆飯粒也沒剩。

趙一冬有點感動，鼻一酸，感覺眼眶裡有淚水在打轉。

醞釀許久，她輕喃：「沒想到大叔到現在都還相信雷公會處罰浪費食物的人啊……」她揉揉眼角，「下次一定要問他相不相信世界上有聖誕老公公，嘿嘿。」

回到家後，趙一冬收到一封訊息。她點開手機，發現是大叔。

這可真是破天荒，打從她入住以來，從沒收過他的訊息。

訊息裡這麼寫：「不要再開火煮飯了。」

趙一冬抽動眉角，「哼，難吃就直說啊！這什麼鄙視的語氣啊……」她走入廚房，看見廚房滿目瘡痍的樣子，她摸摸鼻子，低頭在手機上打了幾個字，送出。

「我再也不敢了。」她如是寫道。

俞斯南在手機另一端看著訊息，滿意地點點頭，接著把手機收到口袋裡。然後，他繼續將咖啡送入口中。

下一瞬，他想起了什麼，眉頭微皺。

俞斯南放下手中的咖啡，望向辦公室門口。方才趙一冬被蘇亦弦拉出門的光景，都還歷歷在目。

他們談了些什麼？

他重新拿出手機，準備發送新的一條訊息，動手打了幾個字，又馬上刪掉。他偏頭苦惱一會兒，突然覺得自己沒道理這麼在意，於是又把手機收回口袋。

收回了手機，卻沒收回好奇心。

除了談話內容以外，他也很好奇，蘇亦弦為什麼要拉走她？好多的疑問徘徊在腦海裡，揮之不去。

俞斯南拿起桌上的咖啡杯，試圖將那些疑惑一飲而盡，然而卻好像只是白費了那幾口咖啡。

＊＊＊

此刻，趙一冬坐在沙發上，茫然看著俞斯南那張冷臉，她不明所以地眨著眼睛，等著他發話。

俞斯南就坐在趙一冬對面，以一雙深沉的眸子望著她，卻一聲也不吭。

趙一冬看著沉默的大叔，不禁開始思索：自己有什麼該解釋的事嗎？她搜遍腦海，好像想到了什麼，趕緊開口：「我有關瓦斯爐！」

大叔輕蹙起眉。

看來他想知道的並不是這件事啊。趙一冬皺了一下眉頭。

趙一冬再次思索，半晌，說道：「我會去給你送便當，是因為我覺得被你鄙視了──好說我也是個高材生！禁不起鄙視的……」越說到後頭，趙一冬自己都覺得心虛，一張小臉越來越低，只差沒埋到地底下。

大叔打斷她心虛的發言，薄唇一掀：「不是這件事。」

「大叔你真的很煩耶——當我是你肚子裡的蛔蟲哦?有什麼問題就直接問嘛!」趙一冬鼓起腮幫子，生著小小悶氣。

俞斯南猶豫半晌，終於開口:「你……」但他終究沒能把問題說出口。

莫名地，他覺得說出這問題，好像會讓自己失去什麼很重要的東西。

——例如，面子。

俞斯南吮住下唇，又很快地鬆開，啟唇:「沒事。」他果斷放棄，直接站起身，打算直接逃離現場。

他故作鎮定，一步步朝向走廊走去，由於害怕趙一冬又纏著他問個沒完，他不禁又加快了腳步。

趙一冬捧著腮幫子，看著俞斯南的長腿從她的視線範圍內迅速消失，有種被耍的感覺。

她癟起嘴，心中暗自決定待會要去把大叔的花內褲丟到地上踩個幾腳……邪惡的念頭還沒停止蔓延，手機傳來的訊息聲打斷了趙一冬的沉思。

該不會又是大叔傳來的吧?趙一冬輕輕一笑，滑開手機，卻發現傳訊的人並非是俞斯南，而是那個臣服於她淫威之下、不得已被趙一冬加入通訊軟體的那隻大野狼，蘇亦弦。

「要約哪」

蘇亦弦的訊息，連個標點符號也沒有。

看到蘇亦弦的訊息，趙一冬赫然想起了什麼，張大嘴巴對著天花板「啊」了一聲。

她急忙站起身，沿著走廊快步走向大叔的房間。她敲了敲門。

伴隨門把轉動的俐落聲響，大叔的兩道濃眉映入眼簾，底下是一雙深邃的眼眸。俞斯南倚在房門口，眉頭一挑。

「我知道你要問我什麼了！」她咧開嘴笑道，「你想問我跟蘇亦弦的事，對嗎？」

俞斯南面色仍是那樣冷，然而眼神裡卻隱約閃過一絲光亮。

趙一冬笑得更歡，她知道自己猜對了。

她正要主動解釋，然而剛剛被攔腰砍斷的邪惡念想，此刻又重新滋長蔓延——這次，邪惡的想法不再跟花內褲有關，而是朝一個更浮誇的方向歪去。

於是她開口了，語出驚人：「唉，他跟我告白。」

聞言，俞斯南的眼皮抽了幾下。

「怎麼辦？」趙一冬緊擰起眉，很是懊惱的模樣，「我該答應嗎？」

俞斯南抿住下唇，不發一語。

「你倒是發表一下心得啊，自己的學生向自己的房客告白，你身為蘇亦弦的老師和我的房東，你有什麼感覺？」趙一冬的惡作劇還沒消停，試圖打破砂鍋問到底。

她頓了頓，又補了句：「還是你不相信我啊？」

「我相信——」這三個字他不加思索地說出口，趙一冬臉上閃過一絲歡愉，卻聽見俞斯南接下來說的話：「我學生的眼光，沒那麼差。」

趙一冬傻住，接著無聲苦笑，最後眉頭一揚，「嘿大叔，你真的要這樣對我？」趙一冬露出一抹玩味的笑容。

俞斯南看著她，沒說話。

她轉身離開，身影隱沒在走廊另一端——過了一分鐘，俞斯南看見她的面容再度在那一端逐漸清晰，她朝他緩步邁進，手裡勾著什麼。

距離他一公尺的時候，趙一冬把手指伸了出去，俞斯南眼神複雜，看著她纖白手指勾著自己的內褲……

俞斯南邁開步伐，準備去把自己的內褲奪回來。

一秒，兩秒，三秒，趙一冬驀然把花內褲丟到地板上。俞斯南一愣。

一秒，兩秒，三秒，趙一冬抬起自己的腳，然後迅雷不及掩耳地在內褲上踩了一腳。

俞斯南倒抽一口氣，睜圓了眼。

一秒，兩秒，三秒，趙一冬踩了第二腳、第三腳、第四腳……一腳比一腳的力道來得更大。

俞斯南面色鐵青，只見趙一冬越踩越起勁——

他深吸一口氣，接著崩潰吼道：「趙一冬，夠了吧妳！」

趙一冬笑得更開心了，狡猾看了他一眼，「自作孽不可活！」

＊＊＊

今天的天氣微熱。趙一冬看著窗戶被陽光溢滿的模樣，看來該是換上短袖的季節了。

趙一冬蹲下身，開始翻找房間地上的塑膠袋——每袋都是衣服，是她上次逮著宿舍最少學生在的時候跑去拿回來的——由於有新的學生要入住，舍監阿姨早已把她的衣服全部收到袋子裡，交給趙一冬。

當然，舍監才沒那麼好心，衣服全沒摺過，一股腦兒地塞進去。

她找得辛苦，額上沁出汗珠，熱氣在肌膚上游走，她抬起手抹了抹汗，只覺得火氣都要上來了——她手握拳狀忿忿地往那袋衣服揍去。

短袖衣服還是沒出現，她只好放下拳頭，繼續挖掘。

趙一冬沒關門。俞斯南就倚在房門，靜靜看她，眼裡有著困惑。

趙一冬絲毫沒發現身後的人，繼續憤然翻找自己的衣物，一張嘴還念念有詞：「吼，再找不到的話我會熱死啦……」她只覺得全身燥熱，抬起眼看了一下牆上的時鐘，找得更急了：「天啊，十點了——我跟大野狼約十點半耶——來不及了！」話還沒說完，她滿心焦急，停下手邊動作，轉而將手擺到衣襬下緣，抓住以後直接往上拉——

事出突然，俞斯南看見趙一冬白皙的纖腰時，愣了半晌才急急轉過身，滿臉脹紅。他抹了抹自己的臉。

趙一冬將衣服拉過頭頂，甩到另一邊地板上，「呼，這樣涼多了。」

俞斯南站在門外，耳朵只聽得見塑膠袋被猛烈翻動的刺耳聲響。

「啊！找到了！」趙一冬開心地喊出口，拿出一件短袖襯衫，兩手套上後開始扣上一顆又一顆的扣子。扣到最後一顆後，她動手拉了幾下衣襬和衣領，確定衣服已經穿得整齊，才緩緩站起身。

她轉過身，用手指梳了一下自己凌亂的頭髮，準備要出門，卻看見俞斯南的背影。

「大叔？」她疑惑一喊。

俞斯南差點沒被嚇壞，他試探性地往後望了一眼，確定她衣服都穿好了才敢正眼瞧她。

「幹嘛不說話？」趙一冬歪頭。

看她因為靜電而在空中飛揚的髮絲，俞斯南沉默。

「我又有什麼事要解釋嗎？今天很熱，所以我穿短袖。」

看她單薄的身子上套了一件短袖的白色襯衫，肌膚的顏色在純白衣衫下若隱若現……他緊擰起眉。

「天啊，十點了——我跟大野狼約十點半耶——來不及了！」他想起她剛說的話。

她要穿這樣去見蘇亦弦？

「欸……」趙一冬也蹙起眉，正要繼續問下去，卻看大叔一步步走向她，她微瞠雙眸，只見他蹲下身去翻地上的袋子。

他的動作有些粗魯，找一件丟一件，袋子旁不知不覺疊成了一座衣服山，趙一冬無從阻止；他的手勁有些大，衣服越丟越遠，轉眼整間房地板都鋪滿了衣服，趙一冬愕然地說不出話來。

終於，他像是找到了什麼。趙一冬還沒回過神來，就被一件衣服迎面砸得眼冒金星。

她抓起俞斯南丟過來的那件衣服，困惑看了一眼。同樣是短袖衣服，不過款式是輕便簡單的T恤。

「幹嘛？」趙一冬歪頭。

俞斯南沒有太多表情，薄唇一掀：「換上。」

「啊？為啥？」

俞斯南吮住下唇，不打算解釋，轉身離開房間，走遠前還不忘把房門關上。

趙一冬抓著大叔扔過來的那件T恤，偏頭沉思一會，忍不住笑出聲來。

＊＊＊

趙一冬推開門，門板撞擊風鈴撞出一串清脆，她抬步走入咖啡廳，揀了一個靠窗的位子坐下。服務生走了過來，問她要點些什麼。她思索一陣，腦中不由得浮現俞斯南伸出舌頭將咖啡捲入口中的模樣，她低笑幾聲，答：「給我一杯美式咖啡。」

水珠沿著咖啡杯身滴滴滾落，趙一冬喝下最後一口咖啡，擱回桌子上，又看了看牆上的時鐘，已經十一點多了。

她等得有點不耐煩，正要走人，蘇亦弦正好出現，一手插在口袋裡，一手拉開她對面的椅子，一屁股坐了下來。他的表情看起來比她還要不耐煩。
服務生跑來問他要喝什麼，他卻不發一語。
趙一冬嫌惡地擰起眉，隔壁桌的客人正好起身準備離開，趙一冬輕輕一笑，對著服務生開口：「隔壁桌沒喝完的那杯飲料拿過來吧，他喝那個就夠了。」
蘇亦弦瞪了她一眼，對著一臉錯愕的服務生說道：「別理她。一杯柳橙汁。」
趙一冬低頭悶笑。要不是這間咖啡廳規定客人有最低消費金額，她猜他什麼都不會點，還會說什麼「不用，我很快就走」這種話。
「我很快就走。」蘇亦弦果然這麼說了，搭配煩躁的表情，「有什麼想問的就趕快。」
「我說過了呀，」趙一冬眨眨眼，「我只想知道你為什麼不喜歡俞斯南。」
這大概是蘇亦弦人生遇過最荒唐的事情，他瞪著趙一冬那滿心期待的臉。趙一冬是自己班導的女友，而她聽到他說她男友壞話以後，不是痛罵他一頓，而是用這種表情看著他。
「喂，你是要不要說？」趙一冬用手拍拍桌面，「再不說我就把真相告訴俞斯南喔！」
「沒什麼原因，就是看不慣他熱血的那樣子。」
趙一冬瞪大眼睛，「蛤？」她驚呼，「你說他熱血？熱血？欸嘿，這太勁爆了吧？」
「我不是那個意思。」蘇亦弦有點無奈，「我是說，喜歡學生的模樣。」
趙一冬「哦」了一聲，偏頭想了想，又說：「他喜歡學生很好啊，被他喜歡有什麼不好？」
「就是不喜歡。」

「你為什麼不試著多相信他一點？」趙一冬失笑，「連你也承認他很喜歡學生了。喜歡學生的人應該不會傷害學生的，你幹嘛要隱瞞事實真相？」

「……喜歡學生的老師，我遇過很多。」蘇亦弦的目光飄向窗外，「我也不是沒相信過他們，只是我後來才知道，老師這種生物就是會把你的信任踐踏在地上，最後再把已經髒掉的信任，拿來威脅你。」他想了想，又繼續說道：「如果他真的喜歡學生，就不會輕易懷疑學生、騙取學生對他的信任。」

蘇亦弦話講到這，趙一冬忍不住想起自己昨天「踐踏」大叔花內褲的光景，差點笑出來，幸好她還是憋住了，裝一副專注聆聽的樣子。

「總之，我討厭他。」蘇亦弦一口氣把話說完，想著趕緊說完就能打發趙一冬，「說完了，我要走了。」柳橙汁都還沒送上來，他就站起身，一副準備要離開的樣子。

趙一冬拉住他的衣角，說道：「再讓我說幾句話吧。」

蘇亦弦瞟了她一眼。心想著速戰速決總比她把事情告訴俞斯南好，於是只好重新拉開椅子坐了下來。

＊＊＊

「喂，你是俞斯南吧？」對於電話那頭的詢問，俞斯南嗯了一聲。

「哇靠，俞斯南，我終於聯絡上你了——我是誰你還記得嗎？我是小胖！高中的那個小胖！」

俞斯南瞠大雙眸，握著手機的手指顫抖著……

「我不記得了。」俞斯南吮住下唇，面色隱隱發白。

「真讓人傻眼……你也太無情了吧！想當初我們還是一起打架的好兄弟——啊，我知道你是唬我的！兄弟間不說這麼多，下星期日要辦同學會！會來吧？我問到現在每一個人都答應，你可別給我漏氣喔！」

俞斯南感覺呼吸越來越艱難，他想要一口回絕，思索一陣，還是問出了口：「……她會去嗎？」

小胖明顯頓了一下，疑惑地問：「誰啊？」

俞斯南呼吸越來越急促，他能感覺所有熱氣往頭頂衝，他有些暈眩——他的語調顫抖：「曾……曾……」

時隔多年的那個名字，他始終沒有勇氣說出口。

「你說曾依蓉嗎？」小胖代替他說出了口。

手中的手機猛然滑落，重重摔到地上。俞斯南臉色發白，額上沁出汗珠，眼前不斷有黑點閃爍，像一點一點慢慢爬入眼眶——他搖晃地蹲下身，撿起地上的手機，直接把電話給掛了。

他修長的手指在螢幕上顫抖著，來回滑動，最後按下通話鍵。

趙一冬看蘇亦弦終於坐了下來，不禁莞爾一笑，正準備開口，褲子口袋裡的手機卻突然開始震動。

她咂了咂嘴，不耐煩地把手機拿出來，看也沒看就接起電話。

俞斯南努力維持冷靜，「……妳在哪？」他的眼神逐漸迷濛，腦海裡剩下的唯一一件事情，只有打給趙一冬。

趙一冬認出大叔的聲音，覺得被問得莫名其妙，答道：「我在巷口的咖啡廳啊……怎麼了？」

電話那頭沒了聲音。趙一冬困惑，「喂？你有在聽嗎？」

直到電話被掛掉的聲音傳來，趙一冬才確信自己真的是被掛電話了。

她翻了個白眼，把手機收進口袋，心裡盤算著回家要把他的花內褲剪破。

「不好意思啦！」趙一冬朝著蘇亦弦吐吐舌，「好了，我要說囉。這些話，你可能會覺得刺耳，但我還是想說完。」

＊＊＊

看到趙一冬的時候，俞斯南覺得一切都明亮了起來。眼前的那些黑點已然不復存在，他喘著大氣，推開咖啡廳的門，直直望著她。

他聽見她說話的聲音。她的聲音很溫柔，卻不失剛毅，好像能在她的聲音裡看見什麼東西。像一道細流，緩慢而綿長地繞過他心中的傷口。
蘇亦弦的表情看起來很吃驚。俞斯南不曉得她剛和蘇亦弦說了什麼，他從沒見過蘇亦弦那麼驚訝的模樣。
「很驚訝嗎？」趙一冬笑了笑，「總之，我可以理解你不肯告訴俞斯南事實的原因。何況，我比別人更能明白你的處境。所以即使你當時沒衝進辦公室制止我，我也不會告訴俞斯南的啦！」
蘇亦弦恢復了冷靜，問：「妳告訴我這些要做什麼？」
「知道嗎？幫別人背黑鍋這種事，其實只是傷人傷己罷了。」趙一冬頓了頓，又說：「我覺得讓霸凌者接受懲罰，絕不是讓受害者得到解脫這麼簡單而已。接受懲罰，其實是個機會，能讓受害者和加害者都得到解脫。」她把髮絲塞到耳後，停頓了一會兒，整理心中想說的那些話。
「加害者如果接受了懲罰，或許會學到什麼叫做歉疚，進而成為一個更好的人，不再傷害其他人。」趙一冬眼神裡有著不容忽視的認真。
俞斯南站在遠處，愣然地望著她。最後緊擰起眉。
她又停了一會兒，勾起一抹苦笑，繼續說道：「背黑鍋聽起來很正義、很光榮，但是，你無疑是剝奪了霸凌者彌補錯失的機會，從今以後，他或許還會繼續欺壓他人。難道他傷害了十個人，你就要替他頂十次罪嗎？」趙一冬皺起眉，輕問。
對於她的質問，蘇亦弦沉默不語。
「……而那個被傷害的同學，他永遠得不到真正的救贖——霸凌者給他的傷口，只會永存心中，永遠都不會癒合。因為你剝奪了兇手對他有所愧疚的機會，他永永遠遠都得不到加害者的道歉，反而會因為你而產生罪惡感。剝奪那樣的機會、給了那樣深重的罪惡感──」趙一冬深吸一口氣，說出最後一句話：「所以，別以為這樣的自己有多正義。你根本也是個貨真價實的加害者。」

聽見最後一句，蘇亦弦抬起頭，眼神卻不復往常狠戾，深沉的眸裡流轉著一絲悲傷。他仍是抿著唇，不發一語。

「你說，他們既然真的相信你，就不該對你有所懷疑。但我認為正是因為相信，才想要從你口中得到解釋……如果連最該相信自己的你都不肯主動解釋了，那他們還能怎麼幫你呢？」

「也許這些話在你耳裡很刺耳，但這全是我想說的。這些話，就是我真正要跟你交換的條件。我聽了你一個祕密，你聽我說了一些想法，很公平吧？」

她揚起一抹笑容，帶著一絲苦澀，她低聲說：「俞斯南是個很溫暖，並且值得相信的人。不然，我也不會想方設法住進一個陌生男人的家。所以，蘇亦弦你就試著多相信他一點吧，就像我一樣，好好地相信他。他會想知道真相，我覺得絕不是假裝出來的，而是因為相信你，所以想幫你。」

趙一冬笑得更深了，「雖然我沒有證據證明他不會把你的信任踐踏在地──」她彎起眉角，「但是我用我的人格保證，他絕不會這麼做。因為……」

俞斯南揚起眉，以為她會稱許他。

「因為他如果這麼做了，我會把他內褲的款式公諸於世！讓他崩潰而死！」

俞斯南這次不再生氣了。他勾起一抹笑容，那抹笑裡，全是苦澀。
依蓉曾說，他是全世界最不值得相信的人。
那些不堪入耳的形容，在趙一冬的嘴裡全轉了彎。
這時，趙一冬看見他了，有些驚訝。她匆匆站起身和蘇亦弦道別，然後跑向俞斯南。
「謝謝。」這是俞斯南對她說的第一句話。
趙一冬被謝的莫名其妙，歪頭一想，他是在謝謝她對他的稱讚嗎？她眼神閃過一絲慌張，心虛道：「……我剛說的每句話，你都聽到了？」
「沒有。只聽到妳說我很溫暖又很值得相信的部分。」
趙一冬點點頭，突然想起什麼，瞪著俞斯南：「喔，我該收回我剛說的那些話！一個隨便掛人電話的人，哪裡溫暖啊——」
「好了，我們回家吧。」俞斯南沒有理會她的抱怨，目光含笑。
「不行啦，我有個地方要去！」趙一冬說。
「去哪？」俞斯南問。
「寺廟啊。」答得簡潔，她有點疑惑，「等等，你今天幹嘛一直問我去哪啊？我每個禮拜天都去拜拜也沒聽你問過半次。幹嘛？聽到蘇亦弦跟我告白的消息，因為忌妒才赫然發現自己喜歡我，所以現在要一直纏著我嗎？」說完，趙一冬吃吃地笑。

俞斯南不想理她的瘋言瘋語，「那妳快去吧。」說完，他直接走出咖啡廳，準備回家。

走出咖啡廳時，他的腦海縈繞著她的話：「因為忌妒才赫然發現自己喜歡我，所以現在要一直纏著我嗎？」

忌妒肯定是沒有，他知道趙一冬是唬他的。

但「喜歡」這種事，他莫名有種不知該如何反駁的感覺。

＊＊＊

趙一冬手裡拿著一炷香，跪在神農氏的神像前。

廟裡總是瀰漫著香火和金紙燃燒的味道。趙一冬小時候並不喜歡這種味道，卻在真正需要神明的時候，對這些味道產生了依戀。

好像只要聞著這種樸實的香味，願望就能穩穩地實現。

她還記得許多同系的同學不喜歡拜拜。他們說，這是不切實際的人才會做的事情，如果燒幾炷香就能治病，那世上還要醫生做什麼？趙一冬曾經對他們的那些話感到認同，現在卻截然不同。

拜神不只是不切實際的妄想，而是一種寄託希望的方式。如果現實生活阻隔了自己所有的希望，那麼拜神無疑是一種說服自己的方法。

讓神明來說服自己：無論是怎樣的妄想都不會只是妄想，它是有可能被實現的；讓神明來說服自己：無論是怎樣的困難都能夠一腳踩過，它是有可能會消失的。

這樣，也就多了點生活的勇氣。她閉上雙眼，靜靜祈禱著。

「……總之，希望神明大人可以看在子鈴善良又可愛的份上，幫助她度過難關，趕緊恢復健康！」她低聲喃喃，對神明傳達她的希望與渴求。

她睜開眼睛，看著手上那炷香的煙冉冉升起，微微一笑。

看著那炷香，趙一冬不由得想起還沒上大學的時候。以前雖然不喜歡拜拜，爸爸卻還是常抓著她去廟裡——逢年過節，每天都是拜不完的神明，更別提什麼升學考試，幾乎是每個星期都去文昌廟裡走一趟。

爸爸常常開玩笑說，她能考上不錯的高中和大學，都是因為那陣子有虔誠拜神的緣故。

爸爸說的話，她從來沒有質疑過。如果就像爸爸所說的，拜神就能讓事情變得美好，那麼她相信，只要每個星期都來神農廟走一趟，虔誠地祈求，徐子鈴就真的能恢復健康。

如果不行，她就每三天就來一次。如果再不行，那她就每天都來一次——

突然好想爸爸呀，她想著。

從廟裡走出來以後，趙一冬站在馬路邊，用手機撥電話給爸爸。

爸爸很快地接了起來，「一冬呀——最近還好嗎？忙完沒啊？」趙河笑盈盈地問。

聽見熟悉的聲音，趙一冬不禁露出笑容，「我過得很好啦！放心！至於忙不忙啊……」她有些尷尬，「再忙一陣子就好了啦！」趙一冬笑得燦爛。

「一冬，爸爸很抱歉，但妳下禮拜一定要回家一趟啊。」趙河有些愧疚，畢竟他也不想打擾到女兒的學校生活，但這可是非常重要的事，可不能混過去。

趙一冬偏頭想了想，問道：「什麼事？」

「妳忘啦？是妳媽的忌日。」

趙一冬的眼淚突然掉了出來。她竟然忘記了這麼重要的日子。

她抹掉眼淚，「對不起，爸爸──為什麼我會忘記呢？到底是為什麼呢？真的對不起啊……我……」她哽咽了，紅著眼眶再也說不出話。

如果女兒現在就在眼前，趙河就能擁抱她，告訴她沒關係的。可惜現在沒有辦法。

趙河只能一再勸慰：「嘿，乖女兒，沒事的、沒事的──妳生活忙嘛，忙到忘記也是正常的，爸爸以前補習班正旺的時候也差點錯過啊！妳不用太自責，媽媽一定能諒解的──」

爸爸不知道的是，她現在應該是全世界最閒的大學生了。她一點也不忙。

想到這裡，趙一冬的眼淚又奪眶而出，只能一直在心裡道歉。然後故作鎮定地回答：「我一定會回去的，你放心吧！」

掛掉電話後，趙一冬用手背把眼淚抹乾，扯出一抹笑。

「好了，不可以再哭啦，趙一冬！」她告訴自己，「反正今天擦乾眼淚了，明天又是新的一天。」

她站在原地，揉揉眼角，情緒沉澱下來後，她露出一抹笑，準備回家，卻又聽見手機鈴聲響起。

她以為是爸爸重新打來的，沒想太多就接起電話，「喂？爸，你有什麼事？」

「我能有什麼事？」

趙一冬聽見那道嗓音，瞳仁頓時收縮。

「趙同學，我們見一面吧。」電話那端的語氣，輕蔑不已。

面對電話那頭的要求，趙一冬只是低下頭，看著地板，她輕輕開口：「……子鈴媽媽，好久不見。」說完，趙一冬勉強扯出一抹笑。

「妳這種人怎麼還敢叫我女兒的名字？」對方拔高了音調，一字一句像在重擊趙一冬的耳膜，她縮了縮脖子，不自覺斂去笑容。

「唉，我不想跟妳多說，見面時再談吧。」對方像是忍耐到了極限，「地點會再傳訊息給妳。」

趙一冬正要答話，就聽見對方果斷掛掉電話的聲響。

那麼刺耳而直接，像一把刀刺入心臟。趙一冬揉了揉發悶的胸口，又扯出一抹笑。

＊＊＊

隔天早上。天空一片灰濛，空氣裡有雨水的味道，俞斯南趴在辦公室的窗臺上，望著灰色的天空。

蘇亦弦踏入辦公室，一聲不響地走近他，「事實真相，你應該都知道了吧？」蘇亦弦問道。

俞斯南看了他一眼，有些詫異，「原來你昨天有發現我。」

「嗯。」蘇亦弦簡單答道，又說：「一冬姊說，這樣替人背黑鍋的我也是個貨真價實的加害者。她還說，你是個值得信任的人。」

俞斯南只是看著蘇亦弦。

「那麼，老師，你願意幫我嗎？幫我擺脫加害者的身分。」

俞斯南勾起笑容，「那你願意嗎？多相信我一些。」

蘇亦弦沒說話，只是很慢很慢地點了一下頭。

俞斯南笑得更深，「那好。我一定幫你。」

蘇亦弦露出罕見的微笑。俞斯南想起趙河曾經對自己問過這麼一句話：

「斯南，如果你願意相信我的話，就把沒人理解的痛苦交給我，由我去消除這種痛苦，讓我當第一個理解你的人吧。」

於是，俞斯南如是說道：「要我幫你的條件很簡單——蘇亦弦，請你把沒有人理解自己的那種痛苦交給我，由我去消除這種痛苦，讓我當第一個理解你的人吧。」

「……雖然我心裡很感動，但我覺得這種話，」蘇亦弦看著俞斯南，眼神認真，「你應該向一冬姊說。」

俞斯南一愣。

「比起已經被理解的我，那個擁有痛苦過去、卻從來沒有人知道的一冬姊，才是最需要這句話的人。」

一陣風從窗外吹來，青草混和雨水的味道沁入鼻腔。

俞斯南想起她在大雨裡哭泣的模樣。他吮住下唇，不再說話。

蘇亦弦從辦公室退了出去。他相信俞斯南一定能懂他在說些什麼——即使現在不懂，未來也一定會懂。而那種話，絕不能讓別人來說，只能由俞斯南來說。

因為俞斯南才是趙一冬最需要的那個人。

還沒從沉思之中回神，俞斯南聽見自己的手機響了，他匆匆接起電話。

「欸靠——昨天竟然直接掛我電話！」小胖埋怨著，「所以你到底有沒有要來？」

俞斯南試圖保持冷靜，長吁一口氣，說道：「不了，謝謝。」

「吼！你很煩耶！我把全班都問完了，就你一個說不來！」小胖很是生氣，「連你說的那個、那個誰？哦——那個高二就轉學的曾依蓉——只跟我們相處兩年的她都要來了，你這個這麼有地位的風雲人物憑什麼不來？」

俞斯南沉默不語。面對那個陌生而熟悉的名字，他心跳如鼓，一種緊張而不知所措的感覺油然而生。

「還是你身材走鐘了、頭也禿了，不敢見老同學？所以我就說人小時候不能長得太帥，就是會發生這種事！唉呀，不用擔心啦，沒人會笑你的——都過多久了，大家多少都有些改變。」

「我考慮吧，嗯？」俞斯南打算敷衍過去，「你太晚聯絡我了，我那天有重要的事，我看能不能排開。」

「唉，誰叫你那麼難聯絡？別人我都一個月前就聯絡上了！」小胖頓了頓，又說：「無論如何，有什麼事比高中回憶重要啊？」小胖撇了撇嘴，「好啦，不煩你，一定要排開啊！掰掰。」

俞斯南趕緊掛斷電話，深怕自己再聽下去，又會像昨天那樣無法冷靜。

有什麼事比高中回憶重要呢？俞斯南思索小胖說的那句話，暗暗搖頭——

小胖不知道的是，對俞斯南而言，高中回憶如果要用一項事物來比喻的話……是一副腳鐐。

——一副想要掙脫，卻打不開也掙不脫的腳鐐，阻礙他前行。

＊＊＊

趙一冬抓著手機，站在離餐廳好幾公尺外的地方。距離約好的時間還有整整一個小時，她卻等得膽戰心驚，一雙眼直直盯著餐廳門口。

她咬了咬下唇，被鞋子緊緊包覆的腳趾，因為緊張而蜷縮在一起，持續許久，差點腳底抽筋，她趕緊放鬆自己。

趙一冬開始低頭打量自己的裝扮——比較正式的衣服全在老家，她在臺北的衣服大多都是輕便簡單的T恤和牛仔褲，這讓她苦惱了許久。

今天她穿的是白襯衫，也就是大叔叫她換掉的那件。雖然大叔要她換掉，但趙一冬想來想去，覺得無論如何穿襯衫總比T恤來得有禮貌一些。

想起大叔，她好像就沒那麼緊張了。於是她又開始想一些無關緊要的事，試圖轉移自己的思緒——

「說好要替大叔剪頭髮的，今天回家前要記得去買一把剪刀。」她喃喃，又說：「大叔放在櫃子裡的咖啡包好像快用完了，順便幫他帶回去好了——啊，不過我不曉得他喝什麼牌子的？」

她不停自言自語，站在行人燈旁過了一個小時，不曉得看著多少行人在她身旁停下等綠燈、又看了多少行人在綠燈以後匆匆奔到馬路另一頭——

她想不到該說什麼了，有關大叔的話題她已經講完了。於是她又開始緊張了。

她想要轉而觀察路人，卻在轉頭的剎那，呼吸一滯。

紅燈只剩下三秒——子鈴母親此刻就站在她的身側。林淑華的雙眼直直盯著約好的那家餐廳，目光焦灼。

趙一冬心臟一震，下意識就是撇過頭，不敢看她的臉——

紅燈轉綠，林淑華抿了抿紅唇，眼神有些冷冽，邁開步伐，走向馬路另一頭。

直到綠燈轉紅，趙一冬都還不敢回頭。她皺起眉頭，用牙齒扯住嘴角——一股鐵鏽的味道在口中蔓延，她趕緊鬆開嘴唇。

驀然，她想起大叔怕血。

那時，她被玻璃劃傷。他的臉色很是慌張，像是怕她的傷口，卻更像在關心她。

想到這裡，心頭震盪的頻率似乎正在減緩——她深吸一口氣，將身子轉正。

綠燈只剩三秒。

她牙一咬，直直往馬路另一端奔去。

＊＊＊

駛出學校停車場的時候，雨點一滴一滴落在窗子上，響起清脆的聲音，逐漸模糊了視線。俞斯南趕緊按下雨刷，視線隨著雨刷擺動越來越清晰。

車子一路往前駛。今天的天色比平常都來得暗一些。

雨越下越大了，雨滴拍打車窗的聲音不再清脆，反而像重擊——俞斯南又想起趙一冬站在大雨中哭泣的模樣。

停好車後，他從後座拿了雨傘。那天，他給趙一冬的那把雨傘，此刻正握在自己手裡。

如果溫度能被保留，這支雨傘的握把一定會溫暖無比。俞斯南莫名地想著。

回到家後，他發現屋子裡空蕩蕩的，趙一冬不在家。他有點困惑——趙一冬除了星期日下午會固定外出，平時很少出門。他每天回家的時候，總能看見她一個人吃著櫥櫃裡的泡麵、偷喝他的咖啡。

他下意識就是拿起手機，傳訊息給趙一冬，訊息卻遲遲得不到回應。

俞斯南不曉得自己為什麼要這麼心急——或許是因為，趙一冬在大雨中啜泣的樣子不斷浮現他的腦海。

他莫名有種不太好的預感。他轉而去撥她的手機號碼。

＊＊＊

「我就不浪費你我的時間了，趙同學。」林淑華擦了朱紅色的唇輕啟，話語內盡是細刺，「我這次約妳出來，只是希望妳聽到這個消息以後，可以被罪惡感壓著一輩子——」

趙一冬嚥了嚥口水。低著頭，手忍不住緊緊攥著襯衫衣角。

「我們家子鈴前天自殺未遂。」林淑華的眼神黯了下來。

趙一冬瞪大雙眼，抬起頭看向林淑華。

「妳到底憑什麼？」林淑華咬牙切齒，「我們所有人是多麼疼愛子鈴？子鈴又是個多好的女孩？她的人生全因為妳而毀了——妳這種人渣到底憑什麼？」她的眉頭緊擰，一雙眼銳利地瞪著趙一冬。

趙一冬覺得心臟隱隱作痛，像有什麼緩緩刺入心窩，越扎越深。

「妳以為霸凌同學的後果，就只是退學這麼簡單嗎？要不是我們子鈴——」林淑華哽咽，「要不是我們子鈴還在傻傻相信妳不是兇手、要我別跟妳計較——我一定會像妳毀了我女兒的人生一樣……」說到這裡，林淑華沒了聲音，雙眼泛紅。

趙一冬的眼眶也濕了，她努力忍住眼淚，眼淚卻還是從眼角緩緩滲落。

「妳哭什麼哭？」林淑華拔高音調，「全世界最不要臉的就是妳了，趙一冬！我們家子鈴怎麼會這麼傻？交到你這種背後放冷箭的狗朋友？她的人生全部因為妳而毀了——」

趙一冬不斷抽噎著，一句話也說不出口，她喘著氣，眼淚不斷滾落，她伸手去揉自己的眼睛，眼淚還是不斷流出來。

趙一冬的嘴正在顫抖，她能感覺全身因為哭泣而僵硬痙攣，她的聲音顫抖不已，最後說出口的，就只是這幾個字：「……對不起。」

「對不起？哈，我們家子鈴被妳毀掉了，妳只想拿這句話來搪塞嗎？」林淑華重捶桌面，忿忿地望著趙一冬。

「我要妳一輩子對子鈴愧疚！一輩子——」林淑華的聲音像是塑膠紙被猛然撕碎，一瞬重擊耳膜，趙一冬從耳膜，直直痛到心底。

林淑華再也說不下去了，忍不住也流出眼淚，「子鈴現在已經被判定是中度憂鬱了，隨時可能會自殺。要是她哪天成功，我也活不下去了——等到那一天，我一定會拉著妳去陪葬！」她又重重捶了桌面，站起身，頭也不回地離開餐廳。

趙一冬坐在原位，淚水盈滿了整張臉。

林淑華推開餐廳門的時候，趙一冬聽見了，淅瀝大雨的聲音。也聽見自己的心掀起暴雨的聲音。

＊＊＊

趙一冬的手機關機了。

俞斯南吮住下唇，乾脆直接走到門口，拿起兩把雨傘就往外頭走——街景早就因為暴雨而朦朧不清，俞斯南瞇起眼睛，在街上漫無目的地找。

他端詳每一個經過他身邊的女孩子，卻沒有任何一個擁有趙一冬的清澈眼眸。

他越走越遠，走到那天趙一冬和蘇亦弦談話的那間咖啡廳。

他看到了一個女孩。

她擁有趙一冬的咖啡色頭髮、趙一冬的豐腴小臉、趙一冬的嫣紅雙唇——一切的一切都與趙一冬一模一樣。

卻有一個地方不一樣——女孩眼裡的深沉灰暗，和趙一冬的清澈雙眸，截然不同。

女孩似乎走了很久，捶著小腿，整個人頹喪地癱坐到咖啡廳的門口。女孩腳邊放了一打的啤酒。她拿起一罐啤酒，張開嘴巴去咬上頭的拉環，又用手指扳弄一番，啤酒罐卻怎麼樣也打不開。

她抬起手背抹了抹眼淚，不斷有水滴從她的額上滴落，她也一併抹去。但淚水卻像那些雨點一樣，不曾停歇，不斷奪眶而出，滑落臉龐。

她渾身濕透了，白襯衫緊緊貼在肌膚上，冷得她不斷顫抖。

她放棄去嘗試打開啤酒罐，索性把手上那瓶啤酒摔到地板上，用手摀著臉，失聲痛哭——

俞斯南走近她身邊，把她剛才扔出去的啤酒罐撿了起來，輕輕扳開，又把她摀在臉上的手抓過來，把啤酒罐放到她手裡。

接過那罐啤酒，趙一冬抬頭看向俞斯南，她想說些什麼，卻只是泣不成聲。

俞斯南把手上的雨傘舉到她的頭上，又伸出手掌附在她的頭頂上，輕輕搔弄了幾下。

坐到她的身旁，他始終把雨傘舉得高高的，不再讓她淋到雨。

她只是哭。而他也只是靜靜地聽她哭。

「你說說話啊！嗚嗚嗚——」趙一冬嚎啕大哭，一邊抓著俞斯南的衣角。

俞斯南的手有些痠了，還是堅持將手舉得筆直，雨傘始終維持在同一個高度。

「為什麼不說話？嗚嗚……快問我怎麼了啊！」她哭得語句七零八落，也不知道自己在說些什麼，想到什麼就一股腦兒地拋給俞斯南。

「你不能永遠都等我自己說啊——」趙一冬哭得更慘了，她覺得自己的頭越來越沉重，「你不能永遠都等我自己說——如果你真的關心我，你就直接問我啊——不然你就走開嘛——嗚嗚嗚……

混蛋大叔……嗚嗚……」說到最後，趙一冬已然語無倫次，不斷重複喊叫著同樣的話語。

俞斯南凝視著她流滿淚的臉，不自覺伸出手，輕輕抹掉她的淚。

趙一冬看著俞斯南的臉，忍不住失聲痛哭。眼淚好像沒有盡頭似地溢出眼眶。

俞斯南看她哭得通紅的鼻子，忍不住伸出手，將她一把攬入懷中。

他的聲音在大雨裡有點沉，像空氣裡的懸浮微粒，浮呀浮呀，「我不想問。」他說。

趙一冬聞到一股溫暖的味道。是只有俞斯南身上才有的那種，溫暖的味道。

她往他的懷裡鑽，手上的啤酒灑到他的衣衫上。他不在意，只是輕拍她的背脊。

啤酒透過衣服布料滲入，俞斯南能感覺啤酒的冰涼，就像現在的趙一冬一樣。

「沒事的。」他說，「我們回家吧。」

背著趙一冬，在街上走著的時候，俞斯南想起今早小胖說過的那句話：

——都過多久了，大家多少都有些改變。

曾經，他因為趙一冬那雙與五年前如出一轍的清澈眼眸而感到無地自容。

經過歲月的淘洗和那些青春時的傷痛，自己變成了一個冰冷的人；這世上卻有人能夠絲毫沒有改變。

這讓他感到羞愧，也感到遺憾——這世上既然有人能夠沒有變化，自己為什麼成了這副德性？

今天，趙一冬的眼淚才告訴他解答。

原來，世上沒有人不曾改變。大家都一樣，被時光的尖銳扎得滿身是傷——唯一的差別是，有些人明白如何掩飾，有些人不明白。

俞斯南有些喘不過氣。趙一冬的心裡有很多傷痕，而那些傷痕承載著如此深沉的痛苦——再加上她的掩飾——這樣的沉重，讓俞斯南有些吃不消。

他對蘇亦弦說，想成為第一個理解他的人。蘇亦弦卻說，比起他，趙一冬是更需要這種安慰的人。

如果蘇亦弦能再早一點告訴他就好了，俞斯南想著。

清醒的時候，伴隨的是喉嚨強烈的燒灼感。趙一冬睜開眼睛，眼前是一片黑暗，隱約有天花板的輪廓。

她想要坐起身，卻突然覺得自己的手有些沉，她瞅了一眼，才發現有一雙大掌，緊緊包覆著她的手。她還能感覺到俞斯南手心的溫度。

她側過身子，在黑暗中端詳他的睡顏。他身上有著淡淡的咖啡香味，還有一股專屬於俞斯南的獨特氣味。她找不到任何詞彙去形容那樣的氣味，「溫暖」這個詞，勉強沾得上邊。

總之，是一股很棒的氣味。

突然，他皺了皺眉。趙一冬試著伸出沒被握住的那隻手，輕輕撫過他的眉角。

俞斯南醒了。他一雙眸子在黑夜裡，像星星一樣發著光。

「醒了？」俞斯南問。
「對。」趙一冬扯開喉嚨，覺得撕裂般地疼。
「哪裡不舒服嗎？」他問，「妳發燒了。」
「喉嚨有點痛、頭有點痛……還有，心有點痛。」
「那再睡一會吧。天亮了，再帶妳去看醫生。」
「為什麼不問我為什麼心痛？」趙一冬望著他。
「我不想問。」
又是那句話。趙一冬皺起眉頭，不知道該說些什麼。於是她只好閉起雙眼。過沒多久，她便真的沉入夢鄉。
俞斯南端詳她入睡的模樣，心頭盪著無法言明的情愫。

＊＊＊

趙一冬斷斷續續地發燒，持續多日。她整個人都失去活力了，一副病懨懨的模樣，一整天癱在床上。
俞斯南在學校裡的工作沒辦法讓他請太多假，只能晚點出門、中午回家一趟、下班早點回家——
幸好趙一冬只是人很虛弱，沒什麼大礙。

他很少使用廚房，除了趙一冬差點把他家燒掉的那次之外，廚房被人使用的次數趨近於零。但為了趙一冬，他親自下廚煮粥給她吃。

趙一冬坐在床上，有點鼻塞，卻還能嗅到廚房傳來的香味——她肚子頓時就餓了，她嚥下一口口水，目光炯炯地看著門外。

果然，沒過多久，就看見俞斯南端著碗從遠處走來的身影。

她笑得燦爛，「哇——大叔煮飯給我吃耶！」她的聲音充滿鼻音，卻還是忍不住歡呼。

俞斯南勾了勾嘴角，坐到床沿，「感冒的人，吃粥比較好。」他說，「有點燙，妳自己小心拿。」

趙一冬點點頭，忍不住嘟囔：「現在到底誰是醫學系的啊？」

接過那碗粥，趙一冬拿起湯匙舀一口，吹了幾下，涼了以後就往嘴裡送。

「大叔你煮得也太好吃了吧！」溫熱的粥飯滑過喉嚨時，像在撫平她喉嚨的疼痛，「之前幹嘛不下廚？」

「沒必要。」他回答得很俐落。

趙一冬長長地「哦」了一聲。像是想到什麼，她說：「今天星期幾了？」

「星期六。」

趙一冬瞪大眼睛，不敢置信，「天啊！慘了、慘了！我慘了！」趙一冬抱頭吶喊，聲音沙啞像是鬼哭神號，俞斯南皺起眉頭。

「後天是我媽的忌日！一早就要拜拜了，我明天一定得回家一趟的——大叔，你快點幫我訂高鐵票，拜託了！」

看她還這麼精神的樣子，大概是好得差不多了。但讓一個病人自己搭高鐵，還是不怎麼好。

「我載妳去。」俞斯南說道。

「吼，不行啦——我爸根本不知道我跟你住在一起的事，你載我去還得了？」趙一冬嚷嚷，聲音嘶啞。

還沒等俞斯南答話，趙一冬突然一副恍然大悟的模樣，張開嘴巴「啊」了一聲。她爬到床頭去拿自己的手機，撥給爸爸。

爸爸還沒接起來前，趙一冬不忘用手指在嘴邊比了比，要俞斯南別說話。

「喂，爸爸——」

趙河接起電話時，聽見的就是女兒沙啞的嗓音，他心一緊，「乖女兒，妳感冒啦？有沒有去看醫生、有沒有好好休息？」

趙一冬笑了笑，「當然有啦！放心啦，我燒都退了，只是聲音還沒恢復而已。」

趙河這才稍微放心，「好啦，明天是什麼日子，沒忘記吧？記得早點回來。」

趙一冬說道：「當然。不過，我最近又遇到俞斯南了，我跟他說我明天要回家，他就說他也想回去看你一趟，所以提議一起回去。爸爸覺得怎麼樣？」

趙河聽到對方是俞斯南，二話不說就同意了，「當然好囉！唉呀，那我要趕快來去訂餐廳了，我看我訂那家街角的餐館好了，那家挺適合聚餐的——」

趙一冬不禁失笑。要是今天換作其他男人，爸爸應該會氣個沒完，大口嚷著怎麼能讓一個男人送自己女兒回家。

看來俞斯南這個人，真的很受爸爸喜愛。

掛斷電話，趙一冬比了個剪刀手，「嘿嘿，怎麼樣？醫學系的腦袋還沒被燒壞，真是萬幸呢！」

解決完這事，她又繼續吃粥，吃得津津有味。

＊＊＊

隔天，俞斯南和趙一冬早早就上路了。

趙一冬坐在副駕駛座，對車內的一切都有些好奇，東看西看的，忍不住給了句評論：「真的是看車如看人耶，怎麼不擺個娃娃什麼的？」她的聲音還有點沙啞。

「妳覺得我是會擺娃娃的人？」俞斯南雙眼望著正前方。

「你都穿花內褲了，擺娃娃是小事吧？」

俞斯南實在無言以對，乾脆專心開車。

開完玩笑，趙一冬倚著車窗，眼神變得有些黯淡。最近她總是想著，是不是該從大叔家搬出來了？

看著大叔這幾天因為她感冒的事而奔波，現在竟然為了送她回家、不顧明天一早又要上班，毫無怨言地開了快半天的路程——不只這些，還有她入住以來的每一天，對大叔而言應該都非常困擾吧？

她卻什麼也沒替大叔做過。這樣的自己，應該是很令人厭惡的吧？但是，她莫名地不想離開。

「大叔，你聽我說喔……」趙一冬試探性地開口，「我在想，我這次回家後，就不再回臺北了。」

俞斯南全身一僵。

「如果可以瞞，我也想瞞爸爸一輩子。但就算再笨也知道，這種事瞞不久的……這種事要怎麼瞞呢？」趙一冬嘆了口氣，倚在車窗上，「乾脆一次把話說開，總比日後讓爸爸自己發現好一些。我打算就藉這次回家的機會，向爸爸坦白。」

俞斯南吮住下唇，因為彎路而轉動方向盤。難怪，她早上放了那麼多袋東西到後車廂裡。

「另一方面，我也真的很想爸爸啦。」趙一冬又補充道。

「你覺得呢？」趙一冬歪頭，問著俞斯南。

「隨便妳。」俞斯南不知道她為什麼要問自己的意見。

趙一冬微瞠雙眸，轉而斂去驚愕，有些沮喪。

「真兇耶！」趙一冬啞著聲音抱怨。

俞斯南一手轉動方向盤，一手從旁邊拿了一包東西丟給趙一冬。他薄唇一掀：「吃藥時間。」

趙一冬「啊」了一聲，她完全沒注意時間。打開寶特瓶，她準備把藥丟到嘴裡，卻被俞斯南制止：「等等——後座有麵包，吃一點。空腹吃藥不好。」

趙一冬摸摸鼻子，「有什麼差啊……」

「妳不是醫學系的嗎……」俞斯南有點無奈，嘆了口氣。

「我的身體，又不是病患的身體。」趙一冬嘟囔，握在手裡的藥丸準備丟入嘴裡，俞斯南濃眉一皺，伸出右手握住她的手，阻止她的動作。又看了她一眼，「妳現在對我來說就是病患。聽話。」

俞斯南的聲音冷中帶暖，句末二字著實讓趙一冬愣住。他尾音微微上揚，勾得趙一冬臉一燙。她撇過頭去，「不吃就不吃……」

俞斯南沒發現她的異狀，輕輕把手鬆開，又放回方向盤上。

趙一冬嘟起嘴，張開手掌，看著那些藥丸躺在自己掌心，忍不住低聲自喃：「藥都快被你融化了啦……好噁心！」

「說誰噁心？」俞斯南淡問。

趙一冬把藥丸丟進藥袋裡，悶悶地開口：「什麼也沒有！」

俞斯南摸不著頭緒，淡笑不語。

趙一冬伸手要去後座拿麵包，不料手實在不夠長，搆不著，於是她牙一咬，奮力向後傾，整個身體有一半都快越到後座去。

俞斯南和她的側臉靠得很近，甚至能嗅到她身上的味道。

她身上的味道，是放在洗衣機旁邊的那罐柔軟精，一股清香，聞起來很舒服。

他忍不住縮起脖子，去聞自己的衣領。然後，他勾起嘴角，低語：「一樣的味道。」

趙一冬拿到了麵包，小心翼翼爬回原位，把麵包的塑膠袋拆開，送入口中。

「哦，是紅豆口味！」趙一冬眨了眨眼睛。

她望向俞斯南的側臉，露出笑容，「大叔還記得我爸的補習班吧？那附近不是有一家麵包店嗎，他們紅豆口味的麵包永遠都被搶售一空——聽我爸說，媽媽一直很喜歡那款麵包，爸爸還常常因此叫補習班的工讀生替他跑腿，去搶剛出爐的紅豆麵包。」

說著以前的事情，趙一冬忍不住咧開嘴笑了。

俞斯南也笑了，眼角有淺淺的笑紋，「我知道——以前學生之間都戲稱趙河老師是『紅豆主任』，工讀生可以不打掃，卻不能不去買紅豆麵包，不然就會被妳爸罵。」

趙一冬吃吃地笑了。

「原來那些麵包不是妳爸吃的，而是妳媽啊。」

趙一冬猛地點頭，「是啊，我爸果然很愛我媽吧？」

「不過，那家麵包店在我媽去世後沒多久就倒了——」趙一冬皺起眉，「這樣也好，爸爸才不會觸景傷情！工讀生也不用被荼毒了，哈哈！」趙一冬扯出一抹笑。
俞斯南只是淡笑，卻有些苦澀。
如果可以，他希望趙一冬不要故作堅強——至少，以後在他面前，不要這樣。
突然他又想起趙一冬剛才說的那些話。她說，她不會回臺北了。
所以他們也沒有所謂的「以後」了。
那時，他說：隨便妳。但其實，他想說的是：我覺得不好。
可是自己有什麼資格呢？
所以到了最後，還是沒能把那樣的話說出口。

站在熟悉的建築物前，趙河燦爛的笑容比太陽還耀眼。
而俞斯南還沒停好車，趙一冬就激動地伸手去開車門，俞斯南看得心驚膽跳，趕緊喊道：
「喂，還沒停好車啊！妳想要飛出去嗎？」
幸好車門鎖著，否則會發生什麼慘劇他可真無法想像。
車剛停好，一聽到解鎖的聲音，趙一冬幾乎是在賽跑，猛然把車門打開就往外衝。
「爸爸——我回來了！」
她衝向正在向他們揮手的趙河，抱了他滿懷。
趙河也是萬分激昂，老人淚都快流出來了——這麼算一算，和女兒也有三個月沒見了。

「讓爸爸看看，哎呀，好像瘦了不少——最近真的很忙吧？」

趙一冬吐了吐舌，有些尷尬，只好趕緊轉移話題：「嘿，看看誰的愛徒來啦！」趙河順著女兒的視線望去，男人頎長的身影倚在車旁，正在查看自己的手機。

俞斯南的手機裡好幾封未讀訊息，全是小胖。俞斯南這才想起來，小胖口中的同學會，似乎就是今天。

「喂，大叔！」趙一冬看他都不理人，忍不住又喊了一次。

趙河聽她這麼叫，困惑不已：「妳跟人家很熟嗎？這樣叫很沒禮貌的！還有，什麼大叔啊？」

趙一冬整個人愣住，差點就忘了——不對，她是真忘了——爸爸還不知道她跟大叔一起住的事情啊！

「啊哈，口誤啦、口誤！何況爸爸的朋友不就是我的朋友嗎？爸爸跟俞斯南很熟，就等於跟我也很熟啦！」她開始胡言亂語，趙河聽得茫然，正要開口，只見俞斯南恭敬地向他鞠了個躬，又道：「老師好。」

趙河的注意力被成功轉移了，他向俞斯南揮了揮手，「斯南，好久不見！」他打了個招呼，又道：「快把東西拿上樓去放吧。晚餐我已經訂好餐廳了！你們以前高中附近那家——很受學生歡迎的，怎麼樣？」他對斯南笑著說道。

聽到是高中附近的那家餐廳，俞斯南莫名有些僵硬。

趙一冬歡呼，「那家真的超棒的！很適合聚餐，我們這麼吵的客人去也不會被趕出去的，對吧，哈哈——」

聽著趙家父女的嘻笑吵鬧，俞斯南只是微笑看著，眉頭卻忍不住皺起——怎麼樣都好，如果今天能什麼壞事都沒有的話，就太好了。他在心裡這麼祈禱著。

趙河幫忙俞斯南把行李提上樓，看著大袋小袋的，趙河忍不住問：「斯南，你這趟南下怎麼帶了這麼多行李？」

俞斯南微愣，「那些……是趙一冬的。」

「一冬的？」趙河歪頭，「她沒事帶那麼多衣服回家做什麼？宿舍放不下了嗎……」趙河喃喃自語，俞斯南聽得尷尬，一邊把後車箱蓋了起來。

輕輕的，他聽見趙河在他耳邊低問：「最近還好嗎？」俞斯南愣然望著趙河。

「你考上臺北的大學時，我最擔心的就是這個——你在臺北無親無故，如果又想起那些痛苦的事情，能有人幫你嗎？」趙河嘆了口氣，「一直掛念著，卻又不敢主動問，怕又勾起不好的回憶。五年前你來拜訪時，我也是不敢問出口。現在，才鼓起勇氣這麼問，希望你不要往壞處想。」

俞斯南揚起一抹笑，「老師，謝謝您，有您的這份心意就足夠了……」他頓了頓，又道：「回憶這種東西，就是平時鋪滿灰塵的地面——偶爾，真的只是偶爾，風會不小心吹散那些灰塵，讓滿布在地面的刺，變得清晰可見，甚至被狠狠刺傷。」

他把手中的行李輕放到地板上，看著趙河，目光變得深沉，「那樣的時候，的確會感到痛苦，但時間久了，傷結了痂、地面又重新鋪上灰塵的時候，就會好過一些。」他伸手抹了抹臉。

趙河的臉色嚴肅了起來，想說些什麼，卻聽見趙一冬在遠處催促著：「俞斯南、爸爸——你們在幹嘛？還不快點！快來不及吃飯了啦！」

趙河露出笑容，「知道了！」又轉而向俞斯南說道，「什麼話我們吃完飯再談吧，嗯？現在先把東西搬上去。」

俞斯南淡淡一笑，重新抱起行李。

看著俞斯南的笑容，趙河忍不住一愣——總覺得，俞斯南的笑容變多了。想到這裡，趙河忍不住露出欣慰的笑容。

走在熟悉而陌生的大街上，俞斯南百感交集——這條路，是以前去上學時的必經之路。明明格局如此相似，街道卻已換上都市繁華的背景。

天色漸暗，眼前盡是招牌，襯著閃爍的燈光。

趙一冬就走在自己的身側，俞斯南能用餘光瞥見她的神情。她一路上不斷咬住下唇，似乎很忐忑。

來到餐廳門口，趙河要他們倆先等他一會兒，他先進去向櫃檯確認預約。

趙一冬矮了俞斯南許多，俞斯南手臂的高度恰巧到她的臉，他低頭看她緊張的神情，忍不住問：「看妳這麼緊張，是打算等一下就要告訴趙老師嗎？」

被他的聲音嚇著，趙一冬眼睛睜得大大的，轉過頭看他，差點撞上他的手。

「……啊，對啊。」趙一冬低下頭。

自從她那天發燒以後，俞斯南就很少再聽見她的笑聲。他開始懷疑起，趙一冬究竟是怎麼樣的人，他看到的到底哪個是真實的她——是那個勾著自己內褲笑得燦爛的女孩？還是站在大雨裡哭泣的那個女孩？又或者，現在這個滿臉愁容的她？

他很想知道這個答案的解答。他想知道，趙一冬平時是不是總在故作堅強、那些笑容是否都是偽裝出來的——

「好了，可以進去囉！」趙河笑咪咪地走出來，趙一冬二話不說就往裡面走，一邊嚷著：「啊，快餓死了！」

只剩俞斯南還站在原地，看著她的背影。

「咦？斯南，你不進來嗎？快點啊——」趙河喊了幾次，俞斯南才回過神來，匆匆跟上腳步。

一踏入餐廳，就能聽見整間餐廳人聲鼎沸，吵雜不已，不時伴隨著歡呼聲。趙河忍不住向帶位的服務生問道：「今天你們有什麼活動嗎？怎麼這麼熱鬧？」

服務生尷尬地說道：「啊，好像是有客人今天辦同學會。我待會會去請他們降低音量的，這段期間還請客人您多包涵了。」

趙河趕緊揮舞雙手，「同學會本就該熱鬧一點！沒關係，我們講話也很大聲的！」

俞斯南聽見「同學會」的時候，幾乎僵在原地。

小胖說，同學會是今天。而這間餐廳，就位在他們以前的高中附近——不管怎麼想，他都覺得大事不妙。

他搖搖頭，把那樣的想法趕出腦海——他仍然相信，世界是不會這麼小的。

「喂，大叔！咳咳，我是說，俞斯南——你到底發什麼呆啊？」趙一冬雙手在俞斯南失焦的眼前揮動著，「不吃飯嗎？餓死你喔。」

俞斯南尷尬一笑，「嗯。」

趙一冬得到回應，才放心地走向他們的位子，正要伸手拉開椅子，俞斯南的手突然橫過她眼前，搶在她之前把椅子拉好，「坐吧。」

趙一冬愣在原地，覺得臉倏地燙起來，她抿了抿唇，一屁股坐上椅子。

趙河沒發現什麼異狀，只是拿起菜單，笑盈盈地問他們要點些什麼。

這家餐廳比較中式一些，菜單上全是家常菜。趙一冬二話不說就點了她最愛的糖醋排骨，趙河又點了其他幾道菜，見俞斯南都不說話，於是問：「你不點嗎？」

俞斯南搖搖頭，「先吃這幾道就夠了。吃完再點吧。」

菜很快就上來了，服務生告訴他們：「白飯和小菜都是自助式的，就在轉角走出去往右走的地方。」

趙河點點頭，正要起身去盛飯，就被趙一冬阻止：「爸，我去幫你盛就好了！」她笑著說。

起身的時候，她附在俞斯南的耳畔，輕聲說道：「大叔，我有事跟你說，跟我一起來。」說完，她拿起自己和爸爸的碗就往轉角處走。

俞斯南來不及拒絕——他現在實在不敢隨意走動，雖然他相信世界沒這麼小，但心裡仍是非常不安。

這時，他看見趙一冬回頭狠瞪他一眼，像是在示意他跟上。

他嘆了口氣，現在真的只能相信世界沒那麼小了。於是他向趙河說道：「那我也去盛飯了。」拿起自己的碗，他站起身往前走，總覺得每一步都艱難不已。

打開飯桶，蒸騰的煙霧湧了上來，趙一冬滿足一笑，拿起飯匙挖了一勺。

「什麼事？」俞斯南站在趙一冬身旁，問道。

「我是希望你可以幫我啦，幫我想一下怎樣開口比較好——我怕我直接說『我被退學了』，我爸會嚇死。」趙一冬用飯匙壓了壓成山的米飯，說道。

俞斯南聽了，忍不住低喃：「那乾脆別說了。」他的話被淹沒在人群突然的吵雜聲裡，趙一冬皺起眉頭，扯開還有些沙啞的嗓子：「蛤？你說什麼？」

蒸騰的熱氣模糊了俞斯南的面容，趙一冬只能勉強看見他搖頭聳肩的模樣。

人群的吵鬧聲越來越大，越來越接近趙一冬和俞斯南。俞斯南深感不妙，一雙眼直直盯著趙一冬，連轉頭的勇氣也沒有，趙一冬急急催促道：「後面也有人要盛飯了，你快點啦！」她把飯匙遞給俞斯南，俞斯南接過趙一冬的飯匙，胡亂挖了一勺飯就打算往旁邊退。

他卻忘了把飯匙放回去，差點就挾著飯匙逃跑——

「先生，飯匙啊！」

發話的人，聲音很耳熟。俞斯南幾乎愣然。

小胖看俞斯南遲遲沒有反應，忍不住傾身靠近瞄了一眼，嚇了一大跳，驚呼：「你你你你——俞斯南？」

小胖身後一群人跟著騷動起來，紛紛探頭去看，一瞬間空氣被小胖的這聲驚呼炒熱，空氣幾乎快要因為人們的議論聲沸騰起來。

俞斯南沒有說話，只是望著小胖，帶著一絲驚詫——雖然心裡也不是沒有想過會發生這種狀況，但預感真的被驗證時，那種驚訝的感覺難以言明，不是開心也不是驚恐，僅是單純的茫然。

他理清頭緒，故作鎮定地說：「我今天是真的有事，剛好在這處理，沒想到你們也在這。」言下之意就是：他現在要回去處理自己的事，沒有要跟他們聚會的打算。

然而，那群老同學似乎聽不出他話中之意，邀約之意更加熱切：「唉呀！這代表連上天都支持你來參加同學會嘛！趕快來我們這桌！今天可是班長誇下海口要請客啊——不吃垮他能行嗎？」

俞斯南尷尬一笑，推辭也不是，答應更不是，只能呆站在原地乾笑。

這時，他感覺自己的衣角被人扯了幾下，他低頭去看，只見趙一冬眨著眼，茫然地望著他。

俞斯南臉上的尷尬不再，微笑著向她說道：「是我的高中同學。」趙一冬點點頭，表示她已理解狀況。

趙一冬偏頭一想，又說道：「既然是高中同學，那就去啊！猶豫什麼？」她困惑地望著大叔，不懂他為什麼要一副為難的樣子。

俞斯南有苦說不出，笑容頓時僵住。趙一冬可真是個豬隊友。

小胖聽到他們的對話，這才注意到俞斯南身旁的趙一冬，忍不住好奇，一張臉笑得燦爛，「我的天哪！這位，難道是咱們斯南的小女友嗎？」

俞斯南望著小胖，一時竟不知該怎麼解釋。人群騷動，紛紛打量起趙一冬，只差沒有圍上去。

趙一冬發現大家的目光往自己這兒匯聚，一時驚愕。俞斯南將她一把拉到身後。

小胖於是又開口：「原來重要的事情就是陪女友吃飯啊？不過，既然你女朋友都這麼說了，還猶豫什麼？高中同學會可不是每天都有啊，快來吧！」

趙一冬見狀，忙不迭地幫腔：「對啊，大叔，跟我們家吃飯這種事隨時都可以啊，我跟爸爸隨時都歡迎你，但是你畢業這麼多年了，能參加同學會很難得耶！」趙一冬語氣雀躍，俞斯南雖然背對著她，卻能想像她的眼神閃著多麼晶亮的光芒。

他現在沒有任何理由可以推辭了。

等他回過神來的時候，自己已經坐到了小胖替他拉來的那張椅子上，他心裡暗暗嘆了口氣。過程不提也罷，就是他被一群人半拖半拉地走過來，伴隨吵雜的談話和歡呼聲。

除了無奈之外，俞斯南再也想不到其他詞彙來形容現下的狀況。

已經到的同學，無不噓寒問暖，甚至彼此擁抱，拿起手機不停地拍合照。

大家痛快地聊著畢業以後發生的事情，熱鬧得很，置身在這股鼓譟氛圍之中的俞斯南，顯得格格不入。

「唉呀，這麼看來，也太多人遲到了吧！」有人抱怨，又激昂地說道：「那個曾依蓉還信誓旦旦地說絕對不會遲到呢！」

俞斯南聽見那個名字，才從一片茫然之中回過神來。他意識到事情的嚴重性，立刻站起身想要離開這裡，他站起身的動靜太大，同學們的目光一一向他投來，其中有人問道：「嘿，斯南，你要去哪？」

俞斯南扯出一抹笑，「洗手間。」他想藉機逃跑。

俞斯南雖然不算老成，但至少也有一些人生歷練了，竟然還需要用這種藉口逃跑，他撒謊時都感覺心虛到骨子裡去。

大家沒發現他的異狀，只是應了幾聲，又繼續轉頭過去熱絡地聊著天，不時發出幾聲歡呼。

俞斯南提出步伐的時候，心裡竄出一股苦澀。他轉身回去看那些同學，各個面孔熟悉，帶著幾分陌生——畢業多年的時光，大家好像都沒變，卻也都有所改變。

這群同學之中，各行各業，有人教書、有人成為作家、有人成了家庭主夫、有人成了保險推銷員……看似沾不上邊的一群人，卻這麼聚在一起了。

他們的笑顏，彷彿忘卻社會的所有險惡和痛苦，只剩下高中當年最真摯的笑容。

為什麼唯獨自己笑不出來？俞斯南眉頭緊擰。好像在那段時光裡，只有自己的青春被染上了汙濁。

他重新轉過身，打算儘快離開這裡。他苦澀一笑，正準備邁出步伐，雙眼卻在抬起頭來的那刻急遽放大——

她的五官立體深邃，擁有一張成熟而精緻的臉孔。一襲碎花小洋裝，氣質出眾。

女人站得很挺，一雙大眼望著俞斯南，先是透出一絲驚訝，再來是平靜，接著只是輕輕彎起嘴角，笑意淡得看不出喜怒哀樂。

看了半晌，她嫣唇一啟，帶著笑容，「好久不見了，斯南。」她笑得若有似無。

看著那張和記憶交疊糾纏的面容，俞斯南竟做不出任何反應。他只是站在原地，面色蒼白地望著她。

「嘿，別說你忘記我啦！我是曾依蓉啊，忘了嗎？」她甚至伸出手在他眼前揮了幾下，笑得更深，露出一口整齊的白牙。

用著憎恨的語氣，說了那些話，讓他多年噩夢纏身的——也是這口白牙。

「拜託，誰來救我都好啊——」

「斯南，我只是要你救我而已——」

「斯南，我只是要你救我而已——現在，我也同樣恨你。你們都一樣噁心。快點走開！我真的很討厭你！」

隨著那些尖銳的話語，一句又一句浮上心頭，俞斯南覺得自己的喉嚨被掐得越來越緊——他呼吸不到空氣，氣息變得越來越急促——

「你一點都沒變，斯南，帥氣依舊呢！」曾依蓉輕笑了幾聲，口氣稀鬆平常，好像他多年來的夢魘，全都只是泡影。

俞斯南能感覺眼前的世界正在旋轉，曾依蓉的臉孔隨著轉動而扭曲變形，她的笑容在燈光下越來越模糊、越來越模糊……零星的黑點在視線之內不停遊走，急遽放大，最後像煙火一樣，在他眼前猛然爆炸。

爆炸後留下的不是美麗的煙花，而是一片深不見底的黑暗……

黑暗中，他想起小胖說的那句話：過了這麼多年，大家多少都有些改變。

原來，從來沒有變的，是自己。只有自己而已。

他的手指越來越冰涼，身體失去重心，猛然往旁邊倒去，他大口喘著氣，卻吸不到任何一口空氣——像被人緊緊勒著，他的呼吸越來越紊亂。

曾依蓉瞠大雙眸，「喂，你怎麼了！」她蹲下身去扶他。

看著她的臉，他的症狀只是加劇了——身旁有許多人圍了上來，有人忍不住尖叫，有人慌張地叫服務生……

一團混亂之中，俞斯南想起了趙一冬。

「趙……一……冬……」他急促地喘著，即使快要喘不過氣，他仍是這麼喊著，「趙……一……冬……」

＊＊＊

「咦？斯南怎麼沒跟妳一起回來？」趙河看見趙一冬走回來，忍不住疑惑。趙一冬眨眨眼睛，乖巧答道：「正巧，服務生說在開同學會的就是他的高中同學！所以他就留在那啦。」

趙河聽了，臉色大變，「是他自己說要留下來的嗎？」

趙一冬不懂爸爸為何要這麼問，是誰說要留下來很重要嗎？

她偏頭想了一會兒，發現自己還真不知道到底是誰先說要留下來的，說是他同學好像不是，說是俞斯南自己也好像不是……啊——她恍然想起什麼，有點呆滯，「好像是我說的。」

趙河懊惱地扶額，心中忍不住擔心，站起身，「我去看一下！」

「啊？為什麼？」趙一冬毫無頭緒，拉住爸爸的手，「同學會欸！你一個老人去攪局幹什麼？」她忍不住開玩笑，卻發現爸爸臉上一點笑意也沒有。

「一冬，妳先別管，這件事非同小可——」話音未落，猛然一陣騷動，像熱鍋滴上一滴油，猛然滋滋作響蔓延開來——有很多人在驚叫，很多人在吆喝，趙河臉色一白，拉著趙一冬的手，二話不說衝向聲音來源。

只見餐廳內的所有人都擠到某處，水洩不通，趙一冬踮起腳尖去看，卻什麼也看不見。

「客人、客人、你怎麼了？快點，櫃檯快點叫救護車！」一陣混亂之中，服務生的聲音傳到趙一冬的耳裡。

直到這一刻，趙一冬才像是感應到了什麼，雙眼瞪得大大的，全身熱氣像是在同一秒衝到腦門，她牙一咬，擠過一個又一個人，嬌小的身軀在人群之中艱難掙扎——

終於，她看見了。然後她再也沒辦法冷靜下來了，眼角滲出眼淚，「大叔！」她還些許沙啞的嗓子扯開一吼，旁邊人群全被她嚇得一愣，她衝向俞斯南，把他身旁的曾依蓉推得老遠，蹲下身子扶住他。

又是過度換氣。趙一冬試圖冷靜自己，她深吸一口氣，轉頭向服務生說道：「快給我紙袋！沒有的話塑膠袋也可以！快點！」儘管她已努力維持平靜，話語間還是有掩蓋不住的激動和緊張。

服務生不知所措，只能愣然地照著趙一冬的話去做，趕緊離開去找紙袋。

趙一冬看著服務生離開後，才轉過頭望著俞斯南，她緊緊握住俞斯南的手，「大叔，我是趙一冬！你聽我說，什麼事都沒有，我會保護你，現在真的什麼事都沒有了……」她的聲音逐漸放柔，「沒事的，我在你身邊，記得嗎？我可是醫學系的高材生耶，你在我身邊可以什麼都不怕的。現在，聽我說的話，跟著我的指令一起呼吸，好不好？」儘管語調柔和，趙一冬的心臟卻在猛烈跳動，眼淚也忍不住滑落。

俞斯南渾沌的雙眼緊緊盯著趙一冬，趙一冬啟唇：「吸氣——」他深深地吸一口氣，「吐氣——」他緩緩地吐出一口氣……服務生回來了，趙一冬接過紙袋，趕緊摀上他的口鼻，重複說道：「對，就是這樣，吸氣——吐氣——吸氣——」

聽著趙一冬的聲音，俞斯南的眼前不再是一片黑暗。

當她說吸氣的時候，黑暗中出現了一點閃亮；當她說吐氣的時候，黑暗中又多了一點閃亮；隨著她的話語，黑暗之中有了越來越多的光亮，點成線、線成面——最後，眼前是一片璀璨。

曾依蓉被趙一冬推倒在一旁，一臉茫然地看著趙一冬替俞斯南急救。俞斯南這是怎麼回事？這是什麼？氣喘嗎？

趙一冬停下動作，將紙袋拿了下來，長長吁了一口氣。

躺在她的腿上，俞斯南的臉色仍是蒼白如紙，額上沁出汗珠，雙眼盈滿茫然。趙一冬先用手背把自己臉上的淚珠抹掉，又用手掌替他抹掉汗珠，「沒事了。」她微笑望著他。

她吩咐服務生拿來一杯溫開水，不忘囑咐道：「他目前沒事了，救護車暫時還不需要，大家可以放心了。」

早已噤若寒蟬的客人們個個面面相覷，過了半晌，才恍然大悟般地鬆了一口氣。

最先開口的是小胖，他心有餘悸，收起平時那副喜歡開玩笑的樣子，說道：「呼——幸好有妳在……斯南是真的沒事了吧？」他拍著胸口。

趙一冬抬起眼來看著他，點點頭，說道：「放心吧，真的沒事了。」

聽到這句話，小胖忍不住大力鼓掌，聽見他的掌聲，四周的老同學和客人也跟著拍起手來，臉上逐漸浮現笑容。

趙一冬對這些掌聲無動於衷，只是接過服務生拿來的溫開水，遞到俞斯南的唇邊，「大叔，喝一點吧。」

俞斯南一口一口啜飲，臉色逐漸紅潤起來。

人群見事情已經得到解決，也就不再湊在這兒，一群一群地離開了，離開時忍不住開始討論方才有多驚慌、趙一冬有多麼厲害云云。

曾依蓉看狀況似乎已經明朗，她咬了咬唇，蹣跚站起身，重新走向俞斯南。

趙一冬聽見曾依蓉的高跟鞋聲，心底一把火燃起來，她狠瞪了曾依蓉一眼，趙一冬的嗓子已經啞了，像聲音被緊緊壓著，她忿忿說著：「雖然我不認識妳，這麼說有點過份——但是，妳難道看不出來他是因為妳才這樣的嗎？妳還敢走過來？」

曾依蓉的眼皮微跳，「妳……說什麼？」

趙一冬不再回應她了，低頭望著俞斯南，俞斯南的氣色明顯恢復許多。她問道：「大叔，你好一點了嗎？」

俞斯南點點頭，撐著從她腿上起身。

他抿住唇，沉默了很久，才緩緩啟唇：「……趙一冬。」

「怎麼了？」

「我覺得不好。」

「蛤？」趙一冬歪著頭，不明所以。

俞斯南的眼神趨近於哀求，「我真的覺得不好。」

我知道你覺得不好啊，所以到底是什麼不好啊——趙一冬想要這麼吼出來，才意識到自己的喉嚨有多麼疼，像有火在燒一樣。

這時，「一冬、斯南……」趙河走了過來，一臉擔憂，他緩緩走向他們，「還好吧？沒事嗎？」

俞斯南看見趙河，沉聲答道：「老師，對不起，讓你擔心了。」他深邃的眸裡有著歉疚，趙河伸出手，「起來再說話吧。」趙河帶著一抹笑。俞斯南拉著趙河的手，終於起身。

俞斯南也把手伸了出去，朝向趙一冬。

趙一冬雖然摸不著頭緒，還是笑了笑，拉著他的手開心地站起來。

曾依蓉早已站起身了，她站在旁邊，眼神複雜地望著俞斯南。俞斯南注意到她的視線，先是撇過頭，在心裡給自己做了些準備，才緩緩轉過頭去，開口：「抱歉，讓妳見笑了……好久不見。」

趙河緊緊蹙起眉頭。他知道，這個女人，就是俞斯南多年夢魘的來源……沒想到，俞斯南和曾依蓉再度見面，會是這樣的狀況。

「不會啦！沒事。」曾依蓉笑得燦爛，俞斯南卻沒敢正眼瞧她。她想了想，又說道：「剛聽這位小姐說，你會這樣，是因為我？」

趙一冬站在旁邊，愣了一下，對於曾依蓉這麼直接的問題有些驚訝。

俞斯南抿住唇，不知道該怎麼回應，眼神閃爍著。

趙一冬正想開口，或是做些什麼，把俞斯南拉走之類的，沒想到卻被自己爸爸搶先了。

只見趙河板著一張臉，眼神嚴肅，他把俞斯南拉到旁邊，憤然地走上前，瞅著曾依蓉，他開口：「全世界最沒資格這樣問的，就是妳了。」他努力壓抑怒火，「知道俞斯南因為妳受了多少苦嗎？從高二一直到現在三十歲了，沒有一天他不是活在妳給的陰影之中！曾依蓉，妳知道妳做了什麼嗎？」

俞斯南聽了，趕緊拉住趙河，「老師，別說了——」

曾依蓉愣在原地，皺著眉頭，沉默了幾秒。

最後，她實在忍不住，噗哧一笑。包括趙一冬在內，三個人全因為她的笑聲而呆住。

曾依蓉憋不住笑，嘴角彎著，說道：「你們真的很搞笑，我實在聽不下去了。」她的口吻如此輕鬆，好像他們之間談論的只是不足為提的生活瑣事。

突然，她斂去笑容，「為什麼要因為我而有陰影？是我叫他要對我有陰影的嗎？」她的口氣冰冷了起來，甚至伸出手指著俞斯南。

「這根本是惡人先告狀吧？」她冷笑一聲，「當初我叫你救我的時候，你怎麼就在那冷眼旁觀呢？等到我忍受不了，轉學了，畢業了，長大了，好不容易放下那些、可以輕鬆面對你們的時候，再來反過來指責我給你陰影？怎麼，沒有因為你們那群噁心的人跑去自殺，而是站在這裡笑著和你說話，你覺得很不甘心，所以要這樣反過來羞辱我嗎？」

俞斯南臉色發白。趙河看著振振有詞的曾依蓉，感到不知所措。畢竟，他本就不是當事人。

趙一冬一頭霧水地看著，完全不知道發生什麼事。她只知道，再待下去會發生恐怖的事情，她也無法預料待會爸爸還會有什麼反應，他莽撞的個性她不是不曉得。

於是她趕緊拉住俞斯南和趙河的衣袖，「好了！你們不要再講了！這裡是公共場合耶，多丟臉啊？大叔，我數三秒，你還沒轉身離開的話，我一定會把你穿花內褲的事情——唔……唔唔唔……」趙一冬的嘴巴被俞斯南的手緊緊摀著，他抓著趙一冬就是往外走。

趙河看著他們就這樣莫名其妙地跑了，一臉困惑，正準備追上去。走之前，他還是忍不住向曾依蓉拋下這麼一大段話——

「妳能克服那些傷痛，站在這裡和大家談笑風生，我當然是很佩服妳的。可是，妳要清楚知道一點——他傷痛的來源，不是因為什麼不甘心，更不是因為妳當時對他的憎恨。他的陰影會這麼深，是因為愧疚，覺得當初沒有救妳所以感到愧疚、覺得讓妳這麼恨他所以愧疚！」趙河吼著。

他想起那段時光。那時，他開的補習班還不怎麼風光，總是過著收了零星幾個學生的學費、應付水電後就馬上見底的日子。

俞斯南是他教的頭幾個學生。那天，他一個人躲在補習班的狹窄廁所裡，失聲痛哭。

趙河永遠忘不了，自己破門而入的時候，俞斯南的表情有多麼可怖，面色死白、乾癟的面容、兩頰凹陷、眼神黯得深不見底——當時俞斯南的眼神，彷彿沒有靈魂。

後來他才曉得，那是因為俞斯南早就把靈魂賣給了曾依蓉。

曾依蓉從高一開始，被有心的同學們，狠狠傷害，持續兩年。然而，她傷得多深，俞斯南的靈魂也就裂得多深。愧疚和罪惡感是一把利刃，狠狠地刺傷了他。

曾依蓉聽了趙河的話，眼神透著些許灰暗，直挺著背站在原地。她內心泛開一股酸澀，又突然湧上許多未曾有過的情緒，無法形容的那些，全攪和在一起，五味雜陳。

趙河也走了。他不會再多說了，這件事他就只干涉到這了——深埋在他們青春裡的那些刺，絕不是由他來拔除。現在，他只希望，能替斯南拔除那些利刺的人，儘快出現。

＊＊＊

一路上，俞斯南都沒有說話。趙一冬走在他旁邊，時不時地昂起臉望著他，他卻都不吭一聲。

趙一冬有些忐忑，後來發現自己的身高太矮，就算抬起頭也入不了他的視線，於是走路開始一蹦一跳，越跳越高，跳得俞斯南頭暈。

他低頭瞟了她一眼，眼神像是問她在做什麼。

趙一冬喜孜孜地回答：「我擔心你嘛！」她的聲音沙啞。

俞斯南聳了一下肩膀，又繼續往前走。趙一冬在他身後無奈地嘆了口氣，急急往前跑，繼續啞著聲音說道：「大叔，我知道你在說什麼了！」聞言，俞斯南轉過身，看了她一眼。

趙一冬再度笑了，「那時，你對我說『你覺得不好』，不是嗎？」

俞斯南靜靜地望著她，眼神隱約閃過一絲光亮。

「我知道你在說什麼了。」趙一冬微笑著，兩手插在口袋裡，眨了幾下眼睛說道：「你不希望我回家，對不對?你希望我跟你回去臺北。」

俞斯南微瞠雙眸。趙一冬咧開嘴笑，洋洋得意的樣子，「我說對了吧！」她向俞斯南比了個勝利手勢。

俞斯南覺得有什麼正在心底滋長。這次不是利刺了，而是一種更柔軟、更溫暖的，像是嫩芽一般……

「欸，大叔。」突然，趙一冬喚他。

「做什麼?」

趙一冬微訝，忍不住一笑，她沉澱了一下笑意，才重新開口：「我答應你，我會跟你回臺北。」

除了擔心俞斯南以外，趙一冬選擇和他回去的理由，其實還有很多。其中最重要的原因是——今天這件事過後，她才明白，原來俞斯南也是需要她的。

並不是她一味地倚賴他，一味地從他身上得到能量。原來，自己對俞斯南而言，也是這樣的存在。

想起剛才大叔主動問她要做什麼，趙一冬忍不住勾起嘴角，說道：「改變這種事，有好的改變、也有壞的改變。對我來說，大叔願意主動問我，就是最好的改變了。」

趙一冬矮俞斯南很多，每次對話的時候，趙一冬總必須抬起頭望著他，俞斯南也必須低下頭看她。這樣的角度，剛好，不會背光，總能讓俞斯南清楚看見趙一冬那雙清澈的眼眸，以及裡面倒映出的自己。

曾經，那雙清澈的眼眸，還有裡頭倒映出的，那個面目全非的人，讓俞斯南無地自容。

如果說趙一冬的瞳仁是座大海，那麼俞斯南從她眼裡看見的，就絕對是在大海之中載浮載沉的自己。

他看見自己坐著一艘小船，搖搖晃晃，似乎隨時會翻覆。

一開始他對此感到緊張、厭惡、不安；然而莫名地，此刻他卻覺得，其實這樣也不錯。翻覆之後，沉入大海、沉入她的世界裡……也許這樣也不錯。

「其實我只是想說，無論剛剛那個女生說了什麼，大叔都不要太在意。」趙一冬尷尬一笑，頓了頓，「我什麼都不知道，好像沒有說這種話的資格？」

「不過我覺得，每個人都會改變，可能變得更好、可能變得更壞，那個女生變得更好還是更壞呢？我不清楚，我只知道，以不變應萬變，無論面前的人是更好還是更壞，我們能做的，就是保持初心吧！所以大叔什麼也別怕，就用你最初的方式去面對她吧，那樣你也會比較安心。」

原來，不變是件好事。俞斯南想著。

「謝謝妳。」除了這句話，俞斯南想不到任何話去表達此刻的心情。

趙一冬偏頭一笑，張開手掌揮了揮，要他蹲低身子。俞斯南不明所以，只是照做，微微蹲下身子，和趙一冬平視。

「嘿嘿。」趙一冬意義不明地怪笑。俞斯南困惑地皺起眉頭，「做什麼？」

倏然，俞斯南覺得側臉被什麼輕碰了一下。

他睜圓雙眸，愕然地望著趙一冬。

趙一冬笑得燦爛，一副賊兮兮的模樣，「如果可以，希望這是你今天最深刻的記憶，這樣就能把不好的事情都忘到腦後去了！」她把兩隻手從口袋裡抽出來，捧住俞斯南的臉，「怎麼樣？剛剛把手在口袋裡熱了很久喔！有沒有突然覺得我很——」後面的話，趙一冬一句話也說不出口了。

她感受到一股冰涼的觸感，覆在她的唇上。

俞斯南的睫毛很長，她能清楚看見他濃密的睫毛正在顫抖。鼻腔沁入他身上的咖啡香氣，令人心神安定。

突然，吹起一陣風，揚起俞斯南額前的幾縷髮絲，拂過趙一冬的鼻梁。

——啊，忘了幫大叔剪頭髮了呢。

趙一冬也不曉得，為什麼自己會在接吻的時候想起這種事。

＊＊＊

倚在趙家陽臺上，俞斯南正啜飲著手中的咖啡。

趙河端了兩杯熱牛奶，用腳打開門，走了出來，先是把兩杯牛奶擱在桌子上、伸手去把俞斯南手裡的咖啡抽出來，然後拿起其中一杯牛奶遞給他，說道：「都這麼晚了，喝牛奶比較好睡。」

俞斯南本想解釋自己喝咖啡不會失眠，想了想還是接過那杯牛奶，朝著牛奶的熱氣吹了幾下。

本來打算吃過晚餐後，他就要連夜開車趕回臺北，明天照常去上班。不過今天發生太多事了，只好請假，在這裡住一個晚上。

「抱歉，今天老師脾氣太衝了，沒頭沒腦地就說那些話……」趙河有些懊惱，垂下頭致歉。

俞斯南嘆了口氣，「老師，千萬別這麼說。我知道您是為我好。」

「不瞞你說吧，斯南。」趙河抬起眼來望著他，「教過這麼多學生，我最討厭你，卻也最喜歡你——喜歡是因為你上進積極；討厭，則是因為你總讓我操心。」

俞斯南忍不住失笑，「對不起。」

趙河聳聳肩，說道：「有些話，一直沒能告訴你……因為我覺得你可以自己化解。後來我才發現，我應該早點說的。」

俞斯南困惑，「什麼？」

聽見俞斯南發問，趙河竟有些愣然。過往，俞斯南從不主動問「為什麼」。

趙河沉澱了一下，斂去驚訝，平心說道：「有很多事，如果不去放下就會讓自己受苦。你和曾依蓉那女孩的事，更是如此。」

俞斯南沉默下來，默默啜了一口牛奶。

「知道嗎？我曾和很多學生提起過你，我和他們說，我以前教過一個學生，多麼上進，你們以後也要像他一樣，實踐自己的夢想；我也常和一冬提起你，我總向她說，我有多麼喜歡你這個孩子——」他頓了頓，認真地看著俞斯南，「但我從沒說起你的那些傷心事，為什麼？不單是保護隱私罷了，如果真要保護隱私，我大可以不說出你名字就好了，反正沒有學生知道你是誰。」趙河說到這，嘆了口氣，「總之，你過去的那些事我是可以提的，可是我從來沒有。知道為什麼嗎？」

俞斯南安靜著，搖頭。

「因為那些都已經過去了，你有權力擺脫那些。放過自己吧，斯南！你看，曾依蓉經歷那些痛苦，她現在已經克服了，還能和你泰然自若地說話——你一個人抓著當年的愧疚不放，何苦呢？」

俞斯南聽了，只是苦澀一笑，「老師，您說的這些，我當然都曉得。只是……」

「我明白。這種事如果是我說個幾句話就能解決，我早就不用當老師，可以考慮當個心理醫師，哈哈——」趙河開懷地笑了幾聲，化解尷尬，「斯南，我說的話，你就放心底吧。說不定總有一天，你會因為這幾句話而心裡舒坦一點。」

突然，話鋒一轉：「對了，一冬的事情我已經知道了。」

俞斯南臉色一僵。他想起今天晚上在街上，他親吻趙一冬的事。

「退學這種事，家長怎麼可能不知道？學校肯定是第一個通知父母的呀。」趙河嘆了口氣，「明明念的是醫學系，怎麼就傻成這樣？我們家的女兒啊……唉。」

俞斯南愣然。原來，趙河知道的是退學的事情。

「你別這樣看我。她之前打電話來的時候，我還不曉得。後來才知道，一開始很生氣，想要罵她，怎麼能騙我呢？後來我想了想，她的個性，一定是不希望我擔心。於是，我反而開始憂心她被退學後的日子是怎麼過的，住哪裡？吃什麼？」趙河一講起女兒就滔滔不絕，「不過我選擇相信她。身體髮膚受之父母，她會把自己照顧得很好。所以我選擇什麼都不問。」

俞斯南過了很久，才輕輕開口：「那麼，您現在知道她怎麼過日子了嗎？」

「嗯。」趙河簡單答了一句，看著俞斯南。趙河眼神裡透著一絲無奈，他嘆了口氣，說道：「我今天才知道，她這段時間都是住你家。對吧？」

俞斯南對於趙河的一針見血，似乎毫不意外，「她那樣大叔大叔叫著，還說什麼內褲的，不知道也很難。」俞斯南甚至替趙河的話做出解釋。

趙河點點頭，「你真是聰明。」

「那您知道我和她接吻的事嗎？」

「嗯。」趙河漫不經心地說。

一秒，兩秒，三秒。

趙河睜大了眼睛——他手中的牛奶差點沒翻倒在地，他嚇得抓住俞斯南的衣袖，「你……你說什麼？再再再再再說一遍——」

「當我什麼都沒說好了。」

趙河臉色已然鐵青，差點沒昏過去，「我的天啊……快要換我需要急救了……」

趙河癱軟在地上，腦海裡想起趙一冬說什麼「花內褲」，心臟又猛然一震，「你你你給我老實說——你你你你們到到到到哪一步了？」他說得七上八下，表情扭曲。

「就擁抱和接吻而已。」

趙河鬆了口氣，轉而想了想，又覺得好像沒好到哪裡去。只能抱著頭崩潰大喊：「我的寶貝女兒啊——」

「您知道她被退學的事，我不會告訴趙一冬。」說完這句話，俞斯南忍不住彎起嘴角，拿著杯子就往屋內走。

「喂——」趙河突然叫住他，表情茫然，似乎還沒從方才的震驚中回過神來，他說道：「其實我想問的是，你知不知道一冬為什麼被退學？」

俞斯南皺起眉頭，「……我不知道。」

「啊，這樣啊。」趙河別過臉，似乎有些沮喪，最後說道：「早點睡吧，今天發生了很多事。」

＊＊＊

俞斯南的髮絲微濕，有水珠沿著髮絲點點滴落，他把毛巾蓋在自己的頭髮上來回擦乾。

他打開浴室門，從煙霧朦朧的浴室踏出去，又伸手去關掉浴室的燈。他身上穿著趙河的短袖T恤和一件休閒長褲，休閒褲在身材高挑的他身上，成了七分褲。

他有些不自在地邁開步伐，映入眼簾的卻是趙一冬躲在轉角偷覷著他的模樣。他假裝沒看見，別開臉，餘光瞥見她咬著下唇，一臉忐忑的模樣。

過了半晌，趙一冬嘆了口氣，轉過身，似乎準備離開。

俞斯南忍不住勾起嘴角，「我看見妳了，趙一冬。」他出聲的同時，趙一冬小小的身影大大地一震——俞斯南忍不住想起她到他家的第一個晚上，把門把弄掉時，也是這樣的情景。

趙一冬僵硬地轉過頭來，一看見他的臉就立刻別開視線，燙著臉開口：「我、我只是剛好經過而已……」

俞斯南勾起一抹玩味的笑容，逐漸走近她。

他倚在牆上，離她很近。她瞪著旁邊，久久不肯正眼瞧他，滿臉通紅。

「幹嘛自己說？我又沒問妳。」俞斯南斂去笑容，認真地望著她的側臉。

透過餘光，趙一冬能看見他的神情正經了起來，她忍不住歪過頭去，有些茫然地望著他。

他不再逗她玩了，只是輕聲說道：「以後不會了。不會等妳自己解釋，有好奇的事情我會主動開口問的。」

趙一冬一陣愣然，過了半晌才吐出這麼一句：「……怎麼突然說這些？」大叔正經的神色，讓她有些不安，「大叔，你怎麼了嗎？」她猛然地抓起他的手，「有什麼害怕的嗎？還是——」俞斯南伸出手，搔了搔她的小腦袋，莞爾一笑。

趙一冬望著他的雙眼，不明所以。

俞斯南薄唇一掀，聲音摩擦在空氣裡，像雨滴沿屋簷滴落時的清脆聲音：「下大雨那天，妳不是說，如果我關心妳，我就該主動問嗎？」

趙一冬微張嘴巴，「啊？」

看著那雙深邃的眸子，趙一冬忍不住覺得，自己不能再多待下去了。再多待一秒，她的靈魂就會被他的一雙黑眸吸進去。

「還有，妳今天說過，我願意主動問起，對妳就是最好的改變——所以，我會練習的。練習主動開口問。」俞斯南這麼說道。

像是想起了什麼，趙一冬斂去疑惑的神色，口氣跟著嚴肅了起來：「大叔，你是不是……」趙一冬皺起眉頭，頓了頓，才又開口：「你是不是，一直都很孤單呀？」

這次，換俞斯南愣住了。趙一冬握著俞斯南的手，漸緊。

俞斯南垂下眼瞼，不願多說。

趙一冬晃了晃他的手，突然揚起一抹笑容，說道：「不知道為什麼，和你在一起的時候我都覺得我可以當心理醫生了！」她格格地笑了，又說：「我知道我猜對了，所以你也別用那種模稜兩可的表情看著我——聽我說啊，大叔，我那天晚上只是無聊抱怨罷了，你不要放心上。你什麼都不必為我改變，你不想主動問，我就主動告訴你啊，什麼都說，一五一十的。」

俞斯南的目光逐漸深沉，最後吐出這麼一句話：「我……的確很孤單。」

趙一冬的眼眶幾乎是在這一秒紅了。她想起很多。因為恐懼而呼吸急遽的大叔、因為見到舊人而臉色蒼白的大叔、說起自己為什麼選擇成為老師時，語氣裡的忐忑……

她不需要他主動承認。因為她幾乎是百分百的肯定——他很孤獨。

「所以我不想失去妳。」俞斯南抬起頭來，深沉的目光緊緊地貼附著她。

那句話彷彿是燙的，燙得趙一冬臉一紅。然而，她隨即又斂下雙眸，問道：「……大叔，你愛我嗎？」

她話題轉得太快，他陷入一陣茫然無措。

「是因為愛我，所以親吻我、擁抱我、不想失去我……還是因為不想繼續孤單，所以安慰我、挽留我、不想失去我？」趙一冬的語氣，像是逼問。

俞斯南不明白她的意思。

「唉，果然不能用偶像劇的方式跟你這大叔講話——」趙一冬眨了眨眼睛，「我換方式問一次好了。如果今天不是我，而是換作別人，這樣住進了你家，和你相處這麼久的時間，突然跟你說她要離開了，你也會想挽留她嗎？」

語句上的意思，俞斯南是聽懂了，可是他從來沒想過這個問題，更不明白趙一冬話裡的含意是什麼？

俞斯南擰起眉頭，遲疑了好一陣子，抹了一把臉，終於啟唇：「……我不知道。」

趙一冬抿抿唇，露出一副「你看吧我就說吧」的無奈神情，擺了擺頭，「我就知道，你一定是單身太久了。」

俞斯南偏過頭，茫然地「啊？」了一聲，完全不懂她這結論是怎麼得來的。

「總之，我現在知道了，你不是因為愛我才這樣做的，只是怕冷所以不肯關上唯一能透出陽光的窗子——不管今天那抹陽光是不是我，你都會抓著不放的。」趙一冬舉出食指，似乎覺得自己的比喻很貼切，忍不住點頭附和自己：「天啊，我覺得我形容得真的太好了……」

俞斯南終於聽懂她在說什麼了。正想要解釋，話到了唇邊，話鋒忽而一轉，他問道：「那妳呢？」

「啊？」趙一冬抓抓自己的後腦杓，「我怎樣？」

「妳愛我嗎？」

「咳、咳——」趙一冬差點沒被自己的口水嗆死，她驚恐地看著俞斯南，「天啊，你問這什麼問題？」

「得出我不愛妳，只是怕冷的結論以後，妳會感到難過嗎？」俞斯南問。趙一冬看不出他的情緒，有點愣然。

「……我……」趙一冬吞吞吐吐，答不出來。

「你們在做什麼……」一道聲音，飄搖在空氣之中，充滿哀怨的氣息，悠悠地從趙一冬的背後傳來——趙一冬腦海裡第一個竄出的東西是，鬼火。

她嚇得整個人一震，扭頭過去，不看還好，一看不得了，趙河那張扭曲五官的臉緊緊貼在牆壁上，目光銳利。

「吼！老爸你沒事嚇死誰啊！」趙一冬忍不住打了一下自己爸爸的手臂，又轉而拍了拍自己的胸脯，「真的嚇死我了。還以為哪裡跑出來的幽魂……」

「孤男寡女的，站在這裡磨磨蹭蹭多久了？」趙河瞪著自家女兒和俞斯南，「你們……不睡覺到底在幹嘛？」趙河似乎想說些什麼，但又硬是吞了回去。

俞斯南看了，忍不住笑意，他用手指揉了揉鼻子，試圖遮掩自己上揚的嘴角。

趙河銳利的眼神一下捕捉到了他的笑容，瞬間像是有火花迸出，他瞪著俞斯南，用唇語向他傳達怒意：「剛洗完澡就在這裡勾引我女兒……」

俞斯南這才發現自己的頭髮已經乾了。他舉起雙手，表示自己是無辜的，一邊轉過身，默默走回自己的房間……

趙一冬發現俞斯南要走了，有點慌張，「喂！話還沒說完啦——」她做好助跑姿勢，準備追上去，不料才踏出第一步就被趙河逮住，「妳趕快給我去睡覺！都已經夠矮了，還想錯過長高的機會嗎？」

趙一冬忍不住翻了個白眼，「我早就長不高了啦！爸你才是哩，趕快去睡覺啦！小心皺紋長滿臉！」

趙河眉頭一揚，「妳說什麼？妳這不孝女！」

俞斯南走在前頭，聽著他們父女倆吵吵鬧鬧，竟忍不住笑出聲來。

背對著趙一冬和趙河，俞斯南想起趙一冬說的話：

「如果今天不是我，而是換作別人，這樣住進了你家，和你相處這麼久的時間，突然跟你說她要離開了，你也會想挽留她嗎？」

他不知道。俞斯南嘴角的弧度輕輕斂下。

「……大叔，你愛我嗎？」

他也不知道。俞斯南的眉頭輕輕蹙起。

俞斯南甚至不懂，為什麼她要問這些——他只是希望她陪在他身邊而已，這麼簡單的事，難道其中還牽扯著這麼多情緒嗎？

翻來覆去，躺在床上，黑暗中他眨著眼，睡不著覺。

四周一片寂靜，眼前一片漆黑，他好像陷入了另一個世界。

接著他想起了，今天發生的一切。趙一冬的吻的確暫時帶走了他的思緒，卻沒有拔除他心底的那根刺。刺在夜深時，總會隱隱扎得更深。

俞斯南從沒想過，時隔多年，與曾依蓉再次見面會是如此突然，甚至，他曾經認為自己一輩子都不會再見到她了，以為只要多過一天，多遠離那些回憶一些，就能讓那些不斷侵擾自己的罪惡感，淡一些……

＊＊＊

名為罪惡的種子在心口播下的那一天，正值溽暑。

位在學校最高樓層的美術教室，被太陽曬得正著，汗水浸濕了俞斯南的眼角，他擱下手中那疊圖畫紙，抬起手背抹掉汗珠。

他把領帶扯開來，抓著領子搧了搧，試圖搧去那渾身的燥熱感。身上的白色襯衫已經濕溽一片。

俞斯南舔舔唇，繼續清點那疊圖畫紙。抽出幾張畫紙，又塞入紙張之間，他彎下頸子拿起筆來記錄缺交名單。

有什麼人在說話的聲音。有些距離。

俞斯南抬起眼，往窗外探了探，不見什麼人影。心底莫名有些疑惑——美術教室位在獨棟大樓的最高層，又熱，又是午休時間，怎麼會有人在這附近徘徊？

說話的細碎聲稍微停了下來，俞斯南沒有多想，只是把那疊畫紙整齊排好，立起來在桌面上靠了靠，確定好數量後，他把那疊畫紙抱起來，準備放到講桌上。

猛然一陣咆哮，他手中畫紙猛然灑落——俞斯南擰起眉，蹲下身子去撿落在地板上的畫紙。

一張，兩張，三張，他將它們一一疊在一起。

一張，兩張，三張，他將有些凹折的它們一一撫平。

一張，兩張，三張——他正要伸手去撿第九張畫紙，卻又聽見了咆哮，這次一字一句，咬牙切齒，但他聽不清內容，隱約聽見一個「容」字——俞斯南撿紙的動作停了下來，目光不由得停在眼前那張畫紙上。

畫紙上畫了滿滿的碎花，每朵花都用了不同方式描繪，有蠟筆、水彩筆、素描……顏色入深入淺，有大有小。整張畫，燦爛得像是煙花。

視線滑向右下角，姓名欄是娟秀筆跡，曾依蓉。

他知道她，和他同班的那個混血兒——

俞斯南腦海一閃而過，忽然就明白剛才咆哮的女孩說了些什麼。

那個人說的是——曾依蓉。

俞斯南有些詫異，站起身，躡手躡腳走向美術教室的門口。他倚著門板，細耳傾聽。

「妳現在是要不要道歉？嗯？」咆哮的那個女同學是這麼說的，「妳態度到底是在跩幾點的？」

然後，俞斯南聽見曾依蓉略帶顫抖的嗓音。她說：「可、可是……我沒有做錯！」有些心虛，但能聽出她提高音量，似乎在試圖鼓舞自己。

俞斯南皺起眉，只覺得汗水不斷滑落臉龐。他抬手去抹掉，快速地。

「呵，學妹妳很好——仗著自己長得漂亮，男生喜歡妳就囂張？真的是很不知好歹……」說完，女同學再度冷笑。

「最後一次機會，跟我道歉——否則我會要妳死得很難看——」女同學拔高音調，像指甲刮過黑板的聲音，刺得俞斯南脖子一縮。

陷入了一陣沉默，最後，曾依蓉開口了：「……學姊，對不起。一切都是我的錯。」

「這還差不多——嘿，曾依蓉，知道我昨天和閨密打了什麼賭嗎？」

曾依蓉的聲音明顯帶著震顫，「我、我不知道……」

「不知道是吧？那我帶妳去瞧瞧吧，怎麼樣？」沒等曾依蓉回答，女同學猛然笑了起來，然後曾依蓉驚呼了一聲，接著是一道快速的腳步聲，搭著一道滑過地板而產生的摩擦尖銳響音——前者是女同學，後者則是被強行拖行的曾依蓉——俞斯南是這麼猜想的。

這時他才發現，自己的心臟跳得有多猛烈——炙熱陽光悶得他無法呼吸，心跳猛烈的鼓譟更是壓得他快要窒息——

穿著制服的兩名女生掠過美術教室的窗外，映入俞斯南的眼簾。

走在後頭，被學姊緊緊拖著的曾依蓉，一雙眸在掠過教室窗外的同時，緊緊盯著他。

她的眼神有著深不見底的惶恐，俞斯南瞪大雙眸，愕然地望著她。他能讀出，她的眼睛在向他說：救我。

他心臟一抽，下意識就是蹲下身——他躲在教室門後頭，牙齒打著顫。

突然不熱了。四肢末端逐漸冰涼。

＊＊＊

睜開雙眼，俞斯南滿身是汗。風吹起窗簾，拂過俞斯南，他被冷風吹得打了個顫。

看著明亮光線的房間，他知道自己剛才做了夢。說是夢，不如說是回憶。

俞斯南躺在床上，陷入膠著的沉思——以往也曾夢過過去的事情，但僅是片段。回憶以如此清晰的姿態重回夢中，這是第一次。

心中有著滿滿的恐懼。俞斯南伸手抹了抹臉，心臟隱約有種悶疼的感覺——他知道，心裡那根刺扎得越來越深了，已快見底。

突然，「我們回來囉——咦？大叔還沒醒啊？」房外傳來趙一冬的嗓音，帶著困惑。

俞斯南迅速地坐起身，打理好身上衣著，又伸手撫了撫自己微翹的髮絲，他長腿落地，直直走出房間。

趙一冬提著一大袋水果，吃力地在走廊上前進。

俞斯南一聲不響，湊到她身旁，一把替她提起那袋水果。

趙一冬驚呼一聲，抬起頭來看他，「你剛睡醒？」看著他惺忪的睡眼和亂翹的頭髮，她問道。

俞斯南沒有回答，走進廚房，把那袋水果遞給趙河。趙河站在流理檯旁，看到他和女兒站在一起總有些不是滋味，忍不住嘟囔：「快走快走，別讓我看見！」摸摸鼻子，俞斯南拎著趙一冬的領子，走了出去。

「大叔，都中午了耶，我都去看完我媽了，你怎麼睡這麼晚？」趙一冬捧住腮幫子，眨著眼睛問道。

俞斯南看著她略帶血絲的雙眼，只是說：「妳睡一下吧。咱們兩個小時後回去。」

趙一冬一詫，又眨了眨眼睛，「你怎麼知道我沒睡覺？」

「我不知道。」俞斯南說。

我不知道、我不知道、我不知道——趙一冬差點沒炸毛，難道他就只有這句話可說嗎？要不是這句話，她會失眠一整晚嗎？這個混蛋大叔——她狠狠瞪著俞斯南。

俞斯南被瞪得莫名其妙，開口：「幹嘛？」

「你昨天問我，得出那個你只是怕冷的結論以後，我會不會難過？」趙一冬垂下眼瞼，突然正經了起來，她抬起眼，重新望著他，接下去說道：「答案是……」

那個問題，俞斯南可不是亂問的。他是真的好奇。於是心臟猛然一跳，忍不住出聲：「答案是？」

「我不知道！哼！」趙一冬雙手拍桌，拋下這麼一句話，一溜煙地跑走了。

看著她蹦蹦跳跳離去的背影，俞斯南忍不住發笑。

笑著笑著，俞斯南抹了把臉。

雖然不曉得那是不是愛——關於他渴求她能留在自己身邊——但他只知道，只要她能陪在自己身旁，就能擁有淨化所有傷悲的力量。

他相信她也是這麼看待自己的——否則，她沒有理由待在自己身旁。

只要這樣依靠著彼此就好了。愛與不愛，又何必去多想？

趙一冬回房後，整個人躺在床上，盯著天花板瞧，不由得又想起大叔昨晚說的那些話。

他說：我很孤單。

他說：所以我不想失去妳。

問他愛不愛她?他卻說：我不知道。

這是不是代表，對他來說，她只是一抹陽光、一抹任誰都能取代的陽光——而俞斯南，只是想抓住那抹唯一的陽光?

然後他反問她，如果真的是這樣，她會不會傷心。

她說：我不知道。但其實答案是——會的。而且會非常傷心。

摀著發悶的胸口，趙一冬閉上酸澀的雙眼，試圖入睡。

回到臺北的時候，夜幕已然低垂。

「一冬，浴室妳有要用嗎?」俞斯南問。

趙一冬搖搖頭，「沒，你明天要上班，等你洗完我再去吧!你先洗!」說完，她揉揉眼睛，整個人蜷縮在沙發上。

不知不覺，她閉上眼睛沉入夢鄉——

睡了不曉得多久，她聽見東西在震動的聲音。睜開惺忪雙眼，她意識朦朧地把手機拿過來，直接按了通話鍵。

流著口水，她含糊地說：「某西某西？糖醋排骨？我很喜歡吃啊……怎麼了嗎？」

＊＊＊

昏暗之中，女人裸著肩頭，用一條棉被掩住自己的胸口，倚在床板上，嘴裡咬著一根菸，吐出圈圈煙霧。

身旁的男人似乎醒了，說道：「嘿，不睡嗎？」男人的手不安分地撫上她的肩頭，游移著。

曾依蓉嫌惡地皺起眉，抬起手把男人的手一把甩開，「夠了！」

「別說嘴了，我朋友說妳高中的時候就……」

「夠了，吵死了。」曾依蓉怒瞪他一眼，真不曉得他這些消息是從哪個廢物那聽來的。

「過十二點了。一夜情就是一夜情，不隔夜的。」曾依蓉冷笑一聲，重新吐出一圈煙霧。

男人自討沒趣，轉過頭乾脆繼續睡。

「欸，那個誰，我問你。」突然，像是想起什麼，曾依蓉嫣唇輕啟。

「什麼？」

「你們男人，過了很多年都還記著一個女人，除了愧疚以外還有什麼可能？」

「蛤？一直記著一個女人——怎麼會是愧疚？一定是想愛卻愛不到啊。」男人漫不經心，模糊答著。

愛？曾依蓉忍不住輕笑。這個詞，她聽過，卻沒體驗過。

突然覺得很冷，曾依蓉把棉被拉得更高。她從床頭搆來手機，滑開，螢幕突然一亮，刺得眼睛疼，畫面裡有很多的電話號碼——那是前天同學會時，她和小胖要來的，全班的手機號碼。

其實她想要的只有一個人的號碼。俞斯南。

曾依蓉夾住菸蒂，同時吐出一口霧，望著上頭的號碼。

——男人，她不缺；但感情這種東西，可不一樣。

無論俞斯南對她是愧疚也好、愛也罷——這些似乎都挺新鮮的？曾依蓉勾起笑容。纖細的手指，輕輕按下了通話鍵。

「俞……」「某西某西？糖醋排骨？我很喜歡吃啊……怎麼了嗎？」女孩稚嫩的嗓音透過手機傳了過來，曾依蓉有些愕然。

幾乎是在第一秒，她想起那個衝入人群替俞斯南急救、喝止她不要靠近俞斯南的女孩——叫什麼名字來著？趙一冬？

「趙一冬？」她試探性問道。

「嘿丟，我是趙一冬……照顧妳一整個冬天的趙一冬哦！」含糊著，她似乎還沒睡醒。

趙一冬接了俞斯南的電話，他們住在一起？

事情好像越來越有趣了。曾依蓉露出一口白牙，笑得燦爛。她掛斷了電話，斂去笑容。

看向身旁的男人，她甚至記不得他的臉孔，更不用說名字了。當然，他也不曉得自己的姓名

——這樣也好，曾依蓉是很討厭自己名字的。

回憶莫名湧上腦海。被那種女人，用著那樣歪斜的口氣說自己的名字——她永遠記得那個悶熱的夏日，學校最高樓層，女人吼著她的名字，逼她道歉。

看著那學姊塗著紅色唇膏的嘴巴一咧一張一開，現在的曾依蓉回想起來，恨不得衝上去把她張嘴撕爛。

被學姊半扯半拉著走過美術教室時，她見到了一個人——他帶著膽怯而恐懼的雙眼，回望著自己——她以為他會救她的。

結果並不然。俞斯南竟然就這樣目送她們離去，甚至沒有追上來。

後來，學姊將她拖到一樓廁所，呼朋引伴來扯爛她的衣服，拍下那些不堪的照片。

「我朋友說妳高一的時候就……」她知道男人後面想說些什麼。無非和當時流出去的那些照片有關。

罷了，別再想了吧。曾依蓉吐出最後一口煙霧，修長手指將菸蒂輕輕捻熄。

＊＊＊

俞斯南出了浴室，毛巾包著自己濕淋淋的頭髮，遠遠地就看見趙一冬握著手機呼呼大睡的樣子。

他走近她，「趙一冬，妳在這睡又會感冒。起來。」

她不為所動，嘴角口水潺潺流下。俞斯南勾起笑，抽了幾張衛生紙，輕輕替她擦乾。叫不醒，只好讓她睡外頭了——他走入她的房間，抱起她床上的大被子，出來蓋在她身上。

他輕輕把她手裡握的手機抽出來，這才發現手機是自己的。他定睛一看，發現有一通來電記錄——陌生號碼，時間就在剛剛，是趙一冬替自己接的？

他不明所以，決定打回去試試。他倚在陽臺上，悄悄撥通那支號碼。

「喂？」帶著笑意，女人的嗓音略微上揚。

恰好有車子呼嘯而過，俞斯南一時沒聽清女人的聲音，「我是俞斯南。」

「哦，終於是你啦？我是曾依蓉，假日有空見個面吧？」

俞斯南渾身一僵，瞳仁急遽收縮——他慌忙把電話掛掉，心臟跳得厲害，他能感覺自己全身在冒汗。

他不願多想，直接把手機關機。轉過身的時候，映入眼簾的是趙一冬的睡臉。

他緊緊擰著眉頭，蹲下身，湊近睡在沙發上的她。

他伸出手，搔了下她的頭髮，看著她又重新滴下口水的嘴角，眉頭的皺摺輕輕鬆開。最後，他勾起一抹淡笑，低聲說道：「幸好妳在這裡。」

＊＊＊

隔天一早，俞斯南走到辦公室的時候，遠遠就看見熟悉的人影，對方依舊是那副冷淡的模樣。

蘇亦弦雙手插在口袋裡，目光沉著地望著俞斯南。

俞斯南走近他，薄唇一掀：「怎麼了嗎？」

蘇亦弦也開口了：「說好要幫我的人，請假去哪了？」他話裡帶刺，眼裡卻有笑意。

俞斯南莞爾一笑，「跟我說清楚吧，實情。」

蘇亦弦猶豫一陣，看著俞斯南，似乎不曉得該不該相信。猛然，他想起了趙一冬的話。

經歷過那樣的事情後，趙一冬說她唯一願意相信的就是俞斯南。

那麼自己相信他一次，似乎也未嘗不可。反正，就算最後信任也被同樣踐踏在地，他也無所謂了。

已然沒有東西可以失去的人，什麼都無所謂了。

蘇亦弦輕輕點頭，「我翹課時，目睹兩個人在打架——應該說，有人被欺負。所以我動手揍了那個打人的。因為害怕被記仇，我幫的那個人不得已向教官撒謊，說是我欺負他們兩個。」

俞斯南知道自己猜對了，只是沉聲說道：「我知道了，我會幫你的。」

——同時，他腦海竄出了什麼。

蘇亦弦笑了，「我拭目以待。」說完，他提起步伐，準備要離開——俞斯南喊住他，眼神卻帶著複雜。

蘇亦弦不明所以，停在原地，「怎麼了？」

「你很勇敢。」他說，「如果我當初也能像你一樣勇敢，就太好了……」

蘇亦弦噗哧一笑，「你到底在說什麼啊？」他無奈地搖搖頭，「我走了。」

如果當初他能像蘇亦弦一樣勇敢，挺身去救曾依蓉，她是否就不會受到傷害？而他，是不是就不會被罪惡感壓得無法喘息呢……

罪惡感的種子長出樹苗、破土而出的時候，是在美術教室目睹那些後的隔天。

俞斯南到了學校以後，小胖衝上來，瑣碎地說著什麼，好像是八卦。

小胖還沒把思緒整理清楚，有一句沒一句地說著，俞斯南一句話也聽不懂，有些愣然，只是問：「我怎麼都不懂你在說什麼？說清楚點，什麼照片？」

「你應該聽說過高三那群太妹學姊吧？聽說她們昨天下午把一個高二的女同學關到廁所裡，又揍又撕衣服的，還拍了一些不雅的照片……」小胖說到這忍不住抖了一下，「哎唷，她們真是有夠恐怖的——」

俞斯南瞪大雙眼，忍不住吞了嚥下一口口水，喉結滾動，他沉著聲音，問：「知道那個高二的女同學，是誰嗎？」

小胖縮著脖子，「不知道，好像是有人去交作業時不小心看見、私底下傳出來的。」頓了頓，他又說：「沒想到我們學校還會發生這種事，本來以為那群學姊只是愛玩了些，還沒想過會玩成這副模樣。真是夠可怕的。」

「那學校呢？」俞斯南的語氣明顯慌張，「學校知道這件事嗎？」

「——你覺得有可能嗎？學姊欸，男友是那群有前科記錄的人耶！就算整個學校都知道了，學校也絕不可能曉得的！沒人有那個膽子去舉報！」

小胖說完，撇了撇嘴，「算了，這事我們還是不要太高調討論，免得招來禍患！就當沒聽過吧。」小胖的手在空氣中揮動，「我該去點名了。」

看著小胖像甜不辣的手指握著粉筆，在黑板上的「遲到名單」上寫下曾依蓉的座號時，俞斯南知道一切都如覆水一樣難收了。他的四肢在炎熱夏日裡逐漸冰涼，竟忍不住打了個顫。

他幾乎是百分之百地肯定，那個傳聞裡的學妹，就是曾依蓉。

而自己，難逃其咎——因為他沒有在美術教室攔住她們，所以曾依蓉被學姊拖到了廁所裡，狠狠傷害。

像蝴蝶振翅，捲成強風。他的翅膀，是黑暗而罪惡的。

而捲起的那陣強風，是曾依蓉的痛苦。以及，俞斯南對自己的懦弱、還有對那些加害人做出的惡行，產生的那些深沉仇恨。

所以此刻，當他看著仗勢欺凌別人的學生時，怒火止不住地竄上心頭——清風徐來，俞斯南卻覺得渾身燥熱，他瞪著學生的臉，吐出這麼一句話：「所以，你承認是你做的？欺負同學？」

學生只是露出一抹痞笑，「是我，但又怎樣？那小子自己欠揍，又懦弱的像什麼一樣，根本沒膽指認我，反正蘇亦弦平時操行成績就爛，警告小過大過早就多到快被退學了，有差這一次嗎？」

俞斯南緊緊咬著下唇，滲出血絲，「你去教官面前自首吧。無論蘇亦弦差不差這次處分，做錯事的都是你！」

「反正蘇亦弦不也沒否認嗎？看來他其實很想背黑鍋啊。」同學無所謂的模樣，讓俞斯南心裡怒火燒得熱烈，他怒視著學生，鬆開滲出血的唇：「走，跟我去找教官。」他抓住學生的手臂，一把就是往學務處方向拉。

學生本想掙脫，不料卻覺得俞斯南的手勁越來越大。他看見自己的手被勒出紅痕，皺著眉頭，揚起一抹笑，「去找教官，然後呢？反正那個沒膽的，到最後也會說是蘇亦弦揍的——指認我是沒好處的，他只會繼續挨揍。」

聽了這句話，俞斯南轉過頭狠狠瞪了他一眼。

不曉得為什麼，當學生看著那雙盈滿怒火的雙眸時，突然就沒了底氣。

「你說的對。你已經沒救了，我不應該先來找你算帳的。」俞斯南勾起一抹涼薄的笑，鬆開對學生的禁錮。

長腿一邁，他快步離去。學生愣在原地，看著手上的紅痕，一頭霧水。

霸凌現場會有三種人：加害者、被害者、以及旁觀者。

當年身為旁觀者的自己，逃走了，放任曾依蓉遭到傷害，所以自己成了整件霸凌事件裡的最大罪人。

如今的蘇亦弦卻不同，他沒有逃走，而是挺身而出，所以他一點錯也沒有。

俞斯南想起趙一冬在咖啡廳裡說的那些話，

「……而那個被傷害的同學，他永遠得不到真正的救贖——霸凌者給他的傷口，只會永存心中，永遠都不會癒合。」

失去了真正受到救贖的機會，該怪誰？

俞斯南的想法和趙一冬不一樣。除了那個替真正兇手背黑鍋的蘇亦弦以外，他覺得最該怪的，是受害者自己。

是受害者用自己的懦弱作為藉口，讓自己失去能得到救贖的機會。

所以，他走入教室，向著趙一冬口中的那個「小綿羊」這麼說道：「你去和教官說清楚吧。」

小綿羊整個人愣住，「什、什麼？」

「難道不覺得罪惡嗎？」俞斯南問，「誣賴了真正幫助自己的人，讓真正傷害你的人逍遙法外——也許你現在覺得能逃避後續接踵而來的傷害，很值得，但你有沒有想過，你未來十年、二十年、甚至是一輩子，都會活在罪惡感之中！」說到最後，俞斯南已然咬牙切齒。

他比誰都明白，被罪惡感壓著一輩子是什麼感覺。

小綿羊沒有說話，還處在驚愕之中，雙眼瞪大。

俞斯南知道自己已經失去冷靜了，他把自己垂在額前的髮絲一把撫到後頭，垂下眼瞼，良久，「對不起，我失態了……跟我好好談談吧。」

坐在辦公室裡，小綿羊垂著頭，不發一語。俞斯南揉揉鼻子，目光焦灼地望著他。

過了許久，俞斯南開口：「我知道蘇亦弦不是真正揍你的人。」

小綿羊愕然地抬起頭來。

「我也知道你為什麼要在教官那邊誣賴他。因為你害怕被算帳。」

小綿羊的驚愕逐漸斂去，轉為頹喪，他彎著頸子，輕輕點頭。

「這段時間，你感覺好嗎？」俞斯南望著他，說道。

小綿羊遲疑一陣，別過頭去，心虛地搖搖頭。

俞斯南抹了抹臉，坐直身子，「罪惡感這種東西，是很恐怖的。」他說，「不要小看它，它會覆在你的生命裡，如影隨形，不時讓你無法成眠。」

「如果學校無法護你周全，那只能說是教育者的失敗。」俞斯南頓了頓，又說：「相信我，如果你說了實話，大家都會保護你；可是，你說了謊話，我們無法讓你不要有那樣恐怖的後遺症，罪惡感。老師我在高中時做了一件錯事，罪惡感直到今天還是讓我無法喘息，那是非常痛苦的一件事……」

俞斯南的聲音很溫柔。帶著一絲涼意，卻像有陽光暖暖地照耀著。

小綿羊終於開口了，他緊緊攥著衣角，說道：「我，我知道了。真的。」

救不了自己，至少他拉回了一個在罪惡感邊緣游走的學生。

從今以後，不要再試圖在邊緣上行走了；因為那會讓你，墜落得很快。也很深。

＊＊＊

同樣的電話號碼，占據了整個手機螢幕。

俞斯南看著手機，只覺得螢幕的光亮得他眼睛疼，趕緊把螢幕滅了。

那組號碼來自曾依蓉。他不明白，曾依蓉找他要做什麼？

想著想著，他聽見開門聲。抬眼一望，趙一冬把門輕輕關上，露出笑容，一邊笑道：「啊，你已經回來啦？」

俞斯南偏頭一想——今天不是她固定外出的星期日。她出門做什麼？

但他沒問。沒什麼理由問。

「我去拜拜。」趙一冬看得出來他想問什麼，乾脆自己回答，笑得爽朗，一邊用右腳把左腳的鞋子給踩掉，再蹲下身把鞋子拎起來放到鞋櫃裡。

俞斯南眉頭一蹙——為什麼那麼常往寺廟跑？

但他沒問。沒什麼理由問。

趙一冬看得出他想問什麼，但她沒有回答，乾脆裝傻，呵呵一笑地裸著足走進來。俞斯南看著她的腳踩在瓷磚地上，忍不住出聲叮嚀：「不穿拖鞋嗎？腳會冷死的。」

趙一冬心裡一暖，彎著嘴角，「好啦。」

她跑到俞斯南旁邊坐下，覺得他整個人暖呼呼的，忍不住又靠近了些。

俞斯南不明所以，「為什麼靠我這麼近？」她的氣息離他很近。

「覺得冷。」趙一冬斂去笑容，抿了抿唇。

「新聞說今天開始回溫了，春天到了。」俞斯南冷不防地戳破。卻沒甩掉她附在自己手臂上的手。

趙一冬眨著眼睛，望著俞斯南。

他一定不知道，她是真的很冷。心冷。

猝不及防地，身上一熱，她瞪大雙眼。是俞斯南擁住了她。

他很快地放開，沒有太多複雜的情緒，單純是想給她一個擁抱。他勾起笑容，「沒事的。」

趙一冬的心頭一震。眨眨眼睛，她開口：「什麼沒事？」

「我不知道。」他說，「但無論妳在害怕什麼，都沒事的。」

突然她覺得，「我不知道」這句話還挺溫暖的。

他的確不知道她是真的冷，但他知道怎麼讓她覺得溫暖。

今天林淑華傳了訊息給她，說徐子鈴再度試圖自殺，甚至拒絕服藥。文末，她重申趙一冬必須一輩子都活在對徐子鈴的愧疚之中，才能勉強算是贖罪。

趙一冬跑到廟裡，哀求神明聽見自己的聲音。

——讓子鈴好起來吧。

子鈴是個好女孩，她不該受到這些折磨。

轉眼間，俞斯南已經去了趟廚房又回來了。一手一杯咖啡，他緩步走來，遞給趙一冬其中一杯。

趙一冬愣然地接下，被燙得驚叫一聲，俞斯南忍不住擰起眉，把咖啡放到桌上，然後查看她的手指。

「去沖點冷水吧。」

其實不會痛，趙一冬搖搖頭。

俞斯南還想說些什麼，話卻被突如其來的電鈴聲打斷了。趙一冬哦了一聲，匆匆跑上前去，拿起對講機，問道：「請問是哪位呀？」

聽到對方的回答，趙一冬面色一僵。她迅速地用手捏住鼻子，說道：「抱歉，我們這裡沒有這個人哦——」她的聲音揚著一種怪調。

「誰？」俞斯南看著她怪異的反應，忍不住出聲問。

「你別說話！」一手摀著話筒，趙一冬用氣音向俞斯南警告著，然後又重拾話筒，捏起鼻子說道：「啊，真的，這裡沒有俞斯南這個人。」

電話那頭冷不防地笑了，聲音嬌柔：「趙一冬，我知道是妳。」

趙一冬被這句話嚇得愣在原地。曾依蓉才見過自己一次面，怎麼會知道自己的名字——

啊。她想起來了。

昨晚她好像不小心接了大叔的電話，講了很多話。

然後那個人問她，她是不是趙一冬。她說對，她是照顧妳一整個冬天的趙一冬……電話裡的聲音，和現在話筒裡的，如出一轍。

「替我開門吧。我有事找俞斯南。」

趙一冬顫抖著手，把話筒掛上。有些呆滯地，她轉過頭看向俞斯南。

「怎麼了？」俞斯南偏頭一問。

「……是，曾依蓉……」

＊＊＊

樹苗長得越來越高的時候，是個夏意盎然的週末。

站在便利商店裡，隔著一片透明玻璃，俞斯南愣然地看著熟悉的臉孔。

這段時間裡，只要能躲，他就躲得遠遠的，一句話、一個眼神、甚至是一個步伐，他都盡力地迴避著曾依蓉。沒想到，現在卻在這裡遇見。

曾依蓉同樣看著他，眼神有著憔悴。

她嘴唇一張一合，向他說了些什麼。

俞斯南聽不見她的聲音。他不敢看她的眼睛，只好將目光停在她的唇瓣上。

於是他讀懂了。

她說，沒關係。然後她說，那天的事我不怪你。最後她說……他不知道她接著說了什麼。

因為他太害怕了，直接轉過了身。

像有什麼在往心臟深處下扎根，越扎越深。

此刻，曾依蓉的身影佇立在那面牆之前，像被碎花簇擁著。

俞斯南手裡握著咖啡杯的把柄，咖啡在杯子裡搖晃著，隨時都會灑出來的樣子。

趙一冬扶著額，吮住下唇，心裡滿滿慌張。

曾依蓉笑意很深，盯著那面牆，看了良久。

三人之間陷入了無邊的寂靜。終於，有人開口打破沉默：「我到今天都還很喜歡碎花呢。」她又笑了，捲了捲自己的髮尾，饒富興味地盯著那面牆。

然後，她歪頭看向趙一冬。

趙一冬被她看得驚嚇，忍不住抖了一下，只覺得這女人的眼神帶著許多危險。

「一冬，妳也喜歡碎花嗎？」

趙一冬茫然，「還、還好耶……」帶著滿滿的無措，她撓了撓自己的後腦杓。

然後曾依蓉的視線轉向俞斯南。俞斯南坐在沙發上，冷冽的目光讓她覺得更有趣了。不得不說，俞斯南真的很合她胃口。

「那我可以把這面牆，視作是忘不了我的象徵嗎？」

俞斯南抬起眼來，目光複雜，「妳說什麼？」

「不是對我很愧疚嗎？」曾依蓉手環在胸前，逐步走近俞斯南。趙一冬看得心慌，總覺得會發生什麼不好的事。

俞斯南盯著她，心底的刺正在向下扎根。疼得他想要逃。

他不知道該怎麼面對她。然後，他想起趙一冬說的，以不變應萬變，所以他選擇待在原地。

然後他覺得眼前燈光被掩住了，女人身上的香氣撲鼻而來。

「把愧疚發展成愛吧，怎麼樣？」女人精緻的面孔在他眼前，笑得燦爛，「那樣我就原諒你。原諒你冷眼旁觀。」

＊＊＊

罪惡感茁壯成一棵大樹的時候，正值初秋。

俞斯南看著曾依蓉被一群學姊拉著，學姊們臉上盡是笑容，有著不容忽視的跋扈，曾依蓉的臉上卻帶著眼淚。

走廊上的所有人都在低聲私語，下意識地就讓給了她們一條大路，只怕衣袖一沾，自己就成了站在那群人中央的曾依蓉。

「唉呀，該來的還是來了。」小胖搖搖頭，心裡有著滿滿的無奈。

俞斯南陷入深沉的愕然。小胖依舊在他耳邊私語著：「那群學姊也真夠搞笑，為了討好男友，把曾依蓉那些不雅照全給他們看了。」他冷笑一聲，又說，「最莫名其妙的是，明明是她們自己給男友看照片，卻又突然吃起醋來，現在要找曾依蓉算帳了……」

俞斯南沒有多說什麼，心頭一揪，整個人就要衝出去。見狀，小胖趕緊拉住他，「喂，你要去哪啊？」

「去哪？」俞斯南咬牙切齒，反問，「為什麼你們要在這裡竊竊私語，而不是去救她？」

小胖撇了撇嘴，「我說你，別忘了學姊們的靠山是誰！其中幾個喜歡曾依蓉，不代表其他人也是好嗎？你只要一去，干涉了這件事，我保證你會被揍到你媽都不認識你。」

俞斯南狠狠瞪著小胖，語氣一揚，「我沒有媽媽。」說完，他往學姊們帶著曾依蓉離去的方向，直直奔去。

走廊上的所有人都緊盯這一幕，一陣詫異後迎來的是一陣議論聲，摻雜笑語。

小胖眼睛一張，知道大事不妙了，他趕緊往反方向衝，準備找人求救。

俞斯南追上她們的時候，看見的是曾依蓉倒在地板上的模樣。

他想大喊出聲，卻在看見學姊抓起曾依蓉頭髮的那一刻失了聲。學姊惡狠狠地瞪著曾依蓉，嘴角浮出狠戾的笑意，「妳這張臉真的很鬧事，看了就讓人心煩——」學姊扯住她的頭髮，往地板上狠狠一撞。

俞斯南的話全哽在喉間，他的眼睛充滿水霧，模糊眼前的一切。有什麼眼前猛然爆炸，零碎的黑點爬上眼眶，然後一片黑暗。

他渾身癱軟，連動一下手指都無法。他的心臟跳得飛快，開始呼吸不到空氣。

心底的那根刺已經扎到了心底最深處。開始反覆旋轉攪動，將他整顆心翻覆得面目全非。恐懼是養分，滋潤著罪惡感，茂盛綠葉開張成蔭。

＊＊＊

「被我嚇到了？」曾依蓉格格笑了起來，「我開玩笑而已，別用這種眼神看著我。」

俞斯南只是故作鎮定，他撇開視線，說道：「不是有事找我？什麼事？」

「我就只是想看看你而已。」她說，目光越發深沉。

「還有，」她勾起語調，「其實我騙了你。」

「——其實我沒有釋懷，我一直都活在陰影之中。」

這句話是強風。狠狠地吹來，吹落茂盛的綠葉。綠葉成堆地墜落，落到地上，灰塵和泥濘逐漸蔓延、逐漸蔓延、逐漸蔓延……

最後，整棵樹，包括樹葉，全成了黑濁一片。

眼淚奪出眼眶，俞斯南看著曾依蓉那張熟悉的臉孔，忍不住摀住臉，淚水止不住地流淌，他打翻了咖啡，淋在自己的腿上，雙手緊緊摀著臉，心裡的刺越來越堅硬，痛得他生不如死。

趙一冬牙一咬，推開了曾依蓉，雙眼裡盡是怒火，狠狠地瞪著曾依蓉，「妳不要再講話了！」

她轉過頭，擔憂地看著俞斯南，她蹲下身和他平視，說道：「大叔，你別哭了……」

看著突然開始落淚的俞斯南，趙一冬竟也想哭了。鼻頭一酸，她緊緊擁住俞斯南，「沒事了，真的。我保護你好不好？我也好想哭哦——嗚嗚嗚——你幹嘛突然哭啦——」

曾依蓉退到一旁，帶著些許詫異，看著眼前的一切。

從來沒有人因為她的一句話而有這麼大的反應。何況，是如此無心的一句話。

看著俞斯南的淚水滑落，曾依蓉竟覺得有些開心。她勾起笑容

「我走了，我會再來的。」笑靨如花，曾依蓉水靈的雙眸閃著光亮，緩緩退出這間屋子。

俞斯南回擁趙一冬，眼淚掉得更快，他顫抖著：「對不起……對不起……」

趙一冬眼角濕潤，心裡亂成一團。她不曉得，俞斯南到底是在和誰道歉，只是把他抱得更緊了。

「趙一冬。」帶著淚水，俞斯南近乎哀求地看著趙一冬。

趙一冬淚珠奪眶而出，「幹嘛？」

「可以吻我一下嗎？」

抬起頭，趙一冬緊緊地吻住他。

他想要忘掉那句話。

——其實我沒有釋懷，我一直都活在陰影之中。

涼薄的觸感附在唇上，卻一點也淡不去，那些縈繞心中的恐懼。

趙一冬閉上眼睛，雙唇緊緊附著他的。過了半晌，她才鬆開，略微紅腫的唇顫抖著。她流著眼淚，看著目光暗淡的俞斯南。

「想要忘掉那些嗎？」趙一冬哭著問，「好，那我講一個勁爆的祕密好不好？」附在他的耳畔，她低聲說道：「我愛你。」

俞斯南的眼淚不斷流出來，沾濕趙一冬垂在側臉的髮絲。

「所以忘掉那些吧。我愛你這件事難道不夠勁爆嗎？擦掉眼淚，快點跟我說『趙一冬你在開什麼玩笑』啊……」

「趙一冬，我不覺得那有多勁爆……」流著眼淚，俞斯南揚起一抹苦笑。

他覺得四周的一切都在猛然抽離自己。有一種飄然的感覺。只剩下趙一冬的臉孔，笑著流淚，望著自己。

「不要哭著開玩笑啊！」趙一冬破涕為笑，抹掉眼淚，「你別哭了啦，我好難過。」

「我哭妳難過什麼？」俞斯南問。

「因為我愛你所以難過啊——嗚嗚嗚——」

擁住趙一冬，俞斯南沒再說話，只是靜靜流著眼淚，接著輕聲說道：「我知道了。妳愛我。」

抵著俞斯南的額頭，趙一冬突然回過神來，皺起眉頭，抹乾眼淚問道：「你額頭怎麼這麼燙？」她伸出手掌附在他額頭上，「你發燒了？」

俞斯南瞇著眼睛，因為發燒而脹紅的臉沾滿淚。趙一冬爬起來去翻找耳溫槍，濕著眼眶替她量了耳溫。

38度。

趙一冬忍不住出手揍了他胸口一拳，「你是小孩子嗎？哭到發燒也真是夠了——」眼淚掉得更兇，趙一冬繼續抱緊他，「你給我好好睡一覺，什麼都別管了。」

於是，躺到自己的床上，俞斯南任由趙一冬幫他擦乾眼角的淚，拿來裝著冷水的臉盆和毛巾，試圖替他退燒。

反覆用冰毛巾覆上他的額頭，過了十幾分鐘再換過一次。趙一冬的手指已經被冷得僵了，但她沒有停下擰乾毛巾的動作。

俞斯南仰望著她。她正逆著光，看不清面容。

他不禁設想：矮了自己許多的趙一冬，平時看著自己的時候，也總是逆著光嗎？

那麼，她會不會感到害怕？就像他現在這樣，看不清她的神情，讓他充滿不安。趙一冬的聲音輕柔傳來：「你不睡一覺嗎？」

俞斯南沒有說話，只是伸出手，把她攬到懷裡。趙一冬微瞠雙眸，彎著身子，髮絲被他的手掌輕揉著，頭輕輕倚在他結實的肚腹上。

她斂去驚詫，緩緩蹲下身，整個人坐了下來，身體靠著床沿，任他揉著自己的髮。

沉澱了許久，俞斯南終於開口了。帶了點朦朧的柔軟，他說：「曾依蓉……是我高二時的同班同學，我目睹她被學姊們霸凌，卻什麼也不敢做。」

趙一冬聽了，整個人一僵，抓住他覆在自己頭頂的手，愣然地望著他，急急說著：「……大叔，你不要勉強──」「沒關係。」他的語氣帶著一絲顫抖，卻也有著堅決。

趙一冬鼻一酸，安靜下來，皺著眉聽下去。他的聲音很沉，也很遠，像隨風飄散到遠方──

＊＊＊

罪惡感是一棵大樹，黑色的大樹。

俞斯南看著曾依蓉倒在地板上，臉上帶著紅腫，她的牙齒咬在唇上，咬出了一道傷口，滲出鮮紅血絲。

俞斯南站在樓梯後面，眼淚不停地下墜，腳卻軟得無法前進──他全身顫抖著，臉色死白。

學姊拉扯著曾依蓉的頭髮，表情猙獰，彷彿恨不得把曾依蓉整個人拆吃入腹；曾依蓉的制服襯衫被學姊給扯破了，露出一大截的白皙肌膚，學姊更是惱了，揮起拳頭就是把她往死裡打。

俞斯南整個人倒在地上，抽搐著。躺在冰冷的地板上，他能感覺到她的每一分疼痛。像無數銳刺，狠狠刺入心底。

過了不曉得多久——俞斯南總覺得有一輩子那樣長——學姊們終於離開了。只留下躺在地板上，滿身傷痕的曾依蓉。

俞斯南掙扎想要爬起身，卻覺得四肢重得像灌了鉛似地。是恐懼的重量。

聽到這裡，趙一冬忍不住擁緊俞斯南，說著：「不要再說了，大叔——」俞斯南的臉上盈滿了淚水，覆述回憶，如此僵硬而恐怖。

但是趙一冬的擁抱，溫熱無比，像能化解他的恐懼。

「沒關係。」噙著眼淚，他低聲說道，「我知道的……我總有一天要面對。我想讓妳知道，就只想讓妳知道而已。」

趙一冬又緊了緊懷抱，「好，那我聽你說。你說什麼我都聽。」

俞斯南深吸一口氣，顫抖著語調，聲音重新在寂靜的夜裡響起。

就像那一晚，突兀的手機鈴聲在深夜裡大肆作響。

俞斯南接了起來，卻在聽見對方聲音的剎那瞪大雙眼。

「拜託，誰來救我都好啊——」孱弱而痛苦的嘶吼，曾依蓉的聲音破碎不堪，「斯南，拜託你快來救我吧——嗚嗚嗚——誰快來救我？我到底做錯了什麼？我什麼也沒做……嗚嗚嗚——」

趕到現場的時候，他頓時說不出話來，一切都哽在喉嚨裡，心臟有種被撕裂開來的痛楚。

曾依蓉癱坐在地，狼狽不已，一頭亂髮，臉色慘白，憔悴不已。她雪白的手臂上裂開一條又一條的刀痕，滲出血絲。

俞斯南顫抖著，他瞪大雙眼蹲下身去，曾依蓉的眼神已然呆滯，失焦地望著他。

他張口，想說些什麼。卻一個字，也說不口。

曾依蓉的眼淚在眼眶裡打轉著，「斯南……為什麼不來救我？」

俞斯南愣住，眼淚撲簌滑落。

「為什麼不救我？」曾依蓉皺起眉，帶著血絲的眼瞪著他，帶著一絲顫抖。

他連說出對不起的勇氣也沒有。

他伸出手，去碰她的手。她的手指修長，指頭上有著一串血珠。鮮紅而刺眼。俞斯南噙著淚，去抹掉在她手指上的那串血紅，抹到了自己的手上。

好像只要這樣，便能說服那是自己的傷口。

看著手上沾染的血紅，心底深處竄起一股憤怒，籠罩了整顆心。

他決定，這一次再也不要袖手旁觀——

趙一冬看著俞斯南越來越蒼白的臉孔，額頭上布滿汗珠，她再也受不了了，她出聲哀求著：

「抱歉，我……我知道了，大叔……我可以不要聽了嗎？你可以不要說了嗎？你可以……不要再回想了嗎？」說著，趙一冬的眼眶紅了，看著俞斯南的眼神裡盡是憐惜和心疼。

俞斯南的額上沁出薄汗，他喘著氣，覺得意識越來越縹緲。他茫然地點點頭。

趙一冬給了他一抹笑，溫暖的。她替俞斯南拉好被角，蓋得嚴實。她將俞斯南額頭上已然退冰的毛巾拿了下來，重新泡過水，動手擰乾。

俞斯南閉上雙眼，心有餘悸，卻因為趙一冬的每一個動作而感到平靜——她替自己蓋上棉被時，手指不經意輕觸到了他的胸口、她替自己拿去額上的毛巾時，手指拂過了他的額角。如此輕柔，像最溫暖的慰藉。

趙一冬看著他安靜躺著的樣子，忍不住又鼻酸。想起他方才講的所有，心中一陣酸楚蔓開來。

趙一冬不再動作了，走到房門口，替俞斯南關上燈。然後她摸索著四周，坐到床沿，直到黑暗裡的事物逐漸有了輪廓，她望著俞斯南的睡顏，溫柔地。

黑暗裡，那些回憶竟又好像重回眼前——俞斯南皺起眉頭。

回過神來的時候，是那個擦著紅色唇膏的學姊瞪著眼，一臉不敢置信的模樣。四周空氣降到了冰點，所有人驚愕地看著眼前的一切。

這是在曾依蓉半夜被學姊欺辱的隔天早晨。俞斯南一到學校，二話不說就往高三衝去，賞了那個學姊一巴掌。

學姊摀著自己火辣辣疼著的側臉，眼神裡有著憤怒，下一秒又像是被現下的狀況弄得無言以對，她莫名地失笑，咧開嘴，「真是太荒唐了。」

旁邊圍觀的人群越來越多。卻安靜得不像話。沒人敢吭聲。

小胖站在人群中央，嚇得魂都快飛了，一張嘴張得大大的——之前俞斯南不顧一切說要去救曾依蓉的時候，他的魂就已經飛了不少，幸好最後似乎沒什麼事發生。可是這次，也就是現在，俞斯南真的把他的魂給嚇到外太空去了。他撐著眼睛，回想剛剛到底發生了什麼——啊，對，俞斯南摑了那太妹一巴掌。

俞斯南摑了那太妹一巴掌啊！小胖整個人差點沒暈過去。

俞斯南同樣看著學姊，不發一語，眼神裡卻有著狠戾。所謂作用與反作用力，他的手掌還火辣辣地燙著。

風聲傳得很快。沒過多久，學姊的「監護人」就來了。

大家自動讓開了一條大路，這條路比上次他們讓給曾依蓉的還大，大家躲得遠遠的，恨不得只留下眼睛在走廊地板上觀望。

兩手插在口袋裡，男學生不疾不徐地走了過來，嘴角帶著一抹複雜的笑。

俞斯南只是沉默，方才打過學姊巴掌的手掌緊緊攥起，握成拳狀，指甲嵌在肉裡。

「我說妳。」男同學搭上了俞斯南的肩，俞斯南心頭一震，愕然地看向他，卻發現他的目光根本不在自己身上。他叫的，是學姊。

「連我都不打女生的。妳一個女孩子被男人打？妳到底做了多傷天害理的事啊？」男同學的話裡有著嘲諷，學姊燙著半邊臉，驚詫地看著自家男友。

「嘿，我們分手吧。我實在受夠妳了。」手離開了俞斯南的肩膀，男同學一步步走近學姊，又補充了句：「這次就算妳把曾依蓉整個人脫光帶到我面前，我也不會再考慮跟妳複合了。順帶一提，妳真是個婊子。」他撇了撇嘴，眼裡盡是鄙夷。他交過的女朋友不算少，但他真的受不了這種女孩子。

說完，男同學一搖一擺地，像是什麼也沒發生過地走回去了。

學姊的眼裡頓時就湧上淚水，和一股熊熊的怒火，她瞪著俞斯南，聲音淒厲：「說，曾依蓉在哪裡？」此時此刻，她恨死曾依蓉了。

俞斯南只是沉默，盯著她那張因為怒火而扭曲的臉。

「關妳什麼事。」俞斯南笑了起來，帶著一絲涼薄。然後，他循著眾人的目光，慢慢離開。

風聲不只在學生之間大肆傳開，就連校方也很快地知道了這件事——導師把俞斯南叫了過來，問了幾句。

「老師，她們傷害曾依蓉很久了——所以我……」他以為老師會聽他說，事實卻不是如此。

「打一個女孩子，你算什麼男生？」老師抬了抬眼鏡，目光銳利，「不管怎麼樣，打人就是不對！」說到這，老師喝了口水，喘了口氣。

俞斯南整個人僵在原地，不知所措。

「我就明講了吧，學校早就知道曾依蓉的事了！也跟她爸媽商量好了，就轉學，曾依蓉自己也說不想再待在這了。」老師嘆了口氣，又繼續說下去：「那個高三學姊背後有我們學校最著名的不良少年撐腰，我們對她也只能從輕發落——要是罰得重了，你覺得曾依蓉以後的日子會好過嗎？」

俞斯南愕然地聽著，心臟涼了一半。

「反正曾依蓉的事已經解決了，明明沒你的事，你為什麼要淌這渾水？」老師的目光又重新犀利了起來，她瞪著俞斯南，「還打女生……真是夠誇張！」俞斯南垂下眼瞼，一聲也沒吭。

「念在你是初犯，又是我們學校未來榜單的支柱，你只要去向那個學姊道個歉就算完事了，頂多一支警告吧，快去快去。」手煽動著空氣，老師催促著。

俞斯南一片茫然，帶著一絲莫名的憤慨，「道歉？那她有向曾依蓉道過歉嗎？」

老師清了清嗓，認真地看著他，說道：「那有很重要嗎？反正他們的事是結束了，這學期過完就沒我們學校的事了！唉，反正，俞斯南，你知道你錯在哪了嗎？」

陷入一陣沉默，俞斯南緊緊皺著眉，垂著眼瞼，始終不發一語。

「為什麼不說話？」老師拔高音調。

「我不會道歉的——」俞斯南抬起頭，眼神裡透出一絲堅決，以及憤怒，他的手握成拳狀，越來越緊，「除非學姊向曾依蓉道歉！她做了多少壞事，為什麼要放過她？」俞斯南想起曾依蓉倒在地板上，一臉蒼白憔悴的模樣，還有身上那些傷——「到底為什麼？」他一拳打在辦公桌上——老師嚇一大跳，瞪大眼睛，也同樣燃起怒火，「俞斯南——你是當了太久的模範生，想嚐嚐看記過的滋味嗎，哼？」

——俞斯南是被手機震動吵醒的，他張開眼睛，滿身是汗。喘著氣，他膽戰心驚地眨著眼。

本該黑暗的房間裡透出曙光，是早晨。身邊不見趙一冬，他慌得整個人都在顫抖，手緊緊地攥著被角，瞳孔濾縮——手機的震動聲不斷，像緊緊貼附在耳邊，一如當年那些可怖的話語。

他顫抖的手指，伸手去拿手機。

——熟悉的電話號碼。

俞斯南瞪大雙眼，無意識地吮住下唇，準備按下拒絕接聽，卻在伸出手的剎那想起曾依蓉昨晚說的那句話。

——其實我沒有釋懷，我一直都活在陰影之中。

然後，他想起那些黑暗的記憶。

「斯南，拜託你快來救我吧——嗚嗚嗚——誰快來救我？我到底做錯了什麼？我什麼也沒做……嗚嗚嗚——」

胸口那棵樹正在咆哮，疼得他無從喘息。他擰著眉，胸口發悶，緊緊咬著下唇，終究還是滑開了接聽鍵。

她說：「斯南……對不起，這麼早打電話給你，但我真的發生了一點事，你能來找我嗎？」她的聲音，與當年如出一轍。

眼前一片模糊。俞斯南轉著方向盤，覺得一陣暈眩，他頭又沉又疼，從眉梢到太陽穴，隱隱作痛。喉嚨也逐漸蔓開一股燒灼感。

又是那種飄飄然的感覺。他知道，自己燒得更嚴重了。

——其實我沒有釋懷，我一直都活在恐懼之中。

想起這句話，俞斯南忍不住皺起眉。只覺得腦袋痛得加劇了。踩著油門的腳逐漸加重——

＊＊＊

曾依蓉站在窗邊，望著清晨行人寥寥的街道，手裡拿著手機，嘴邊不自覺噙著淺笑。

她敢打賭，俞斯南一定會來。因為愧疚。

她想起與他高中時的最後一次見面。是在一家簡餐店。

她點了一杯美式咖啡，他則什麼也沒點。

俞斯南打了那個學姊，人盡皆知，更別提曾依蓉了，她當下就在蜂擁上來的人群裡，愣然地望著。

看著俞斯南忐忑的神色，曾依蓉心裡一沉，輕輕攪動杯子裡的咖啡。

「我要轉學了。」她看著杯裡隨著自己的攪拌而翻動的咖啡，淡然說道。

俞斯南並不如預期中露出驚詫的表情，只是說：「……我……我真的……」

曾依蓉其實並不想聽他說。每一次，當她被學姊們狠狠傷害時，他沒有一次不是以這樣「我愛莫能助」的語氣說著話，甚至總是帶著軟弱的神情。看著他那張臉，她總覺得痛苦。

明明是個罪大惡極的旁觀者，他憑什麼露出那種惶恐的表情？憑什麼，自己這個受害者露出害怕神情時，換得就是滿身的傷？

俞斯南像是花盡全身的力氣，才吐出這麼一句話：「——對不起。」

對不起？曾依蓉倏然抬起眼來，瞪著他，不敢相信自己聽到什麼。

她冷笑了一聲，「為了什麼？」

俞斯南垂下頭，不敢看她，接下來的話也沒一句說得出口。

「斯南，我只是要你救我而已——」她長吁了一口氣，說道，話語裡全是冰冷，「你和她們那群人有什麼不一樣？一樣都是靠暴力解決事情……現在，我也同樣恨你。」

睜圓了眼，俞斯南震驚地看著她。

她拿起咖啡，啜了一口，伸出舌頭輕舔了唇，將唇上的咖啡滴漬捲入嘴裡，嘴裡蔓開一陣苦澀。

她皺起眉，還想繼續說什麼，卻沒有再多說什麼。

俞斯南眼角有淚，紅著眼眶，他說：「我真的對不起，只能說這句話了。旁觀了那麼久，我只是害怕而已……我不知道為什麼我會那麼怕，可是我……」俞斯南語無倫次，整個人失了分寸，眼神胡亂飄著，他慌得不知道該說些什麼。

曾依蓉揚起眉角。心裡像燒起一場失控的大火，她把手中紙杯緊緊一捏，頓時噴濺出一片咖啡——她乾脆直接站起身，把紙杯整個從俞斯南頭頂澆灌而下。

咖啡沿著俞斯南的修長睫毛落下，他整張臉淋滿了咖啡，雙眼裡盡是驚愕。沒等他回過神來，她咬牙切齒地說著：「你們所有人都一樣噁心。我真的很討厭你！」說完，她拿起自己的包包，離開了簡餐店。

一分開就是七年。然後，現在以這種情況再度見面。

看著俞斯南有些蒼白的面孔，曾依蓉差點以為自己又掉入了那段回憶之中。

他變得不多，卻也不少。他的眼角有了一絲細紋，嘴唇飽滿了些，頭髮長了許多，渾身上下散發的不再是當年青澀無措的少年氣息，而是一種內斂而深沉的寡鬱。

她幾乎是百分之百肯定，俞斯南現在如此抑鬱的模樣，全是拜她所賜。想到這裡，她忍不住露出一抹笑容。

俞斯南始終沒有看向她，低聲說著：「找我什麼事？」

「其實，我就是找你吃個早餐。」曾依蓉踮了踮腳，裝做一副心虛的模樣。

俞斯南點點頭，只覺得腦袋偏了一邊，沉得很，「好。」答得簡潔，他越過曾依蓉，走入屋內。

曾依蓉家有種清冷的氣息。他沒有多加端詳，只是胡亂拉了張椅子就坐了下來。曾依蓉看了，忍不住勾起笑容，抬起腳走進廚房，還不忘說道：「你等我一下呀，我去準備。」

俞斯南沒有回答，就只是坐著。聽見廚房油煙機轟隆作響，伴隨一股香氣。他的眉頭始終緊擰著，覺得頭好像更疼了。

過了不曉得多久，曾依蓉一手各端了一盤東西走出來，放道茶几上，說道：「好啦！」一盤是剛蒸好的兩顆饅頭，一盤則是簡單的荷包蛋，她笑了笑，解釋：「臨時想約你，卻來不及買食材。」

俞斯南搖搖頭，沉默著把一顆饅頭拿起來，燙得很，他張著嘴咬了一口。

曾依蓉開始打量他。這才發現他的褲子膝蓋附近顏色略深——她想起了，是昨晚那件被咖啡灑到的褲子。連褲子也沒換，俞斯南到底受了她多大的打擊？曾依蓉忍不住失笑，拿起一顆饅頭，不料被燙了一下，她愣然地看著自己的手，總覺得疼。

俞斯南看著她的舉動，卻想起了趙一冬昨晚被咖啡燙著時驚呼一聲的樣子，茫然之間，他露出一抹笑。

曾依蓉愣然地看著他笑——他的眼睛裡閃著光亮，飽滿的唇彎著美好的角度，很是帥氣。曾依蓉有一剎的呆滯，心臟不由得一跳。

斂去笑容，俞斯南抿抿唇，在發昏的腦袋裡稍微整理了一下思緒，終於說話了：「妳最近常常找我……」俞斯南頓了頓，又問：「到底想做什麼？」

曾依蓉看著他，只是笑了笑，揉著自己發燙的手指，「我知道你很不想見到我，但是我想見見你嘛——我們可是老同學耶，見個面不好嗎？」

俞斯南沒有答話，又啃了一口饅頭。只覺得嗓子乾得慌，有種隨時要燒起來的感覺。

「……這些年來，我過得挺孤單的。」突然，曾依蓉這麼說道。原本饒富趣味的眼神裡，也添了一絲黯淡——因為這句，是她唯一的真心話。

她又繼續說：「這個社會很冷漠，會單純對別人好的，很少。」她說著，揚起一抹笑，「這麼仔細一回想，在我的人生中，除了父母以外，就只有你是純粹地對我好，雖然最後我們沒有什麼好結局。」

俞斯南愣然地聽著，分不清她話中真假。

「孤獨的人總有一雙聰明的眼睛，能夠搜尋到和自己同樣處地的人。這幾次見你，我就知道了，你也很孤獨。」曾依蓉重新拿起饅頭，涼了些，卻依舊燙手，她捏著饅頭的皮，又說：「而我知道你的孤獨，很大一部分是因為我。」她望向俞斯南，眼神認真。

「一開始我覺得挺荒謬的，總覺得你惡人先告狀，不過後來想想，我也欠你不少。」她說道，低頭啃了一口饅頭，「反正我們都把自己搞得很孤獨，沒必要老死不相往來。」

俞斯南在一陣暈眩之中，揚起一抹苦笑，「我開始不知道妳的話是真是假了。」

曾依蓉一愣，「原來你之前聽得出來。」然後她長長地吐出一口氣，像是在卸去偽裝——「好吧，既然你都知道，那我就直接明講好了。」她頓了頓，繼續說下去：「我會一直找你，只是覺得生活太無聊了。」她聳了聳肩，「人生怎麼這麼無趣呢？看著你因為過去的事情不知所措的時候，我有點覺得有趣了，所以才一直找你囉。」

腦袋發昏，他過了一會兒，才終於理清楚她話裡的意思。

「嗯，我看得出來。」他說。

就連那句「其實我一直都沒有釋懷，一直活在陰影之中」，他也知道不是真的。但心思，卻還是不自主地被那句話緊緊拉扯著。

「那你幹嘛還來？」曾依蓉瞅了他一眼，「看我在那邊裝，很有趣？」

「因為愧疚。」他說，「就只是因為愧疚。」終於，他第一次地正眼瞧她。

她看見他的眼神裡閃著惆悵，那麼深。這個瞬間，曾依蓉覺得自己很惡劣。但是，又突然覺得很有趣。

「我突然很好奇，你因為愧疚，能替我做到什麼地步呢？」曾依蓉瞇起眼睛，笑得燦爛。倏然想起他家的壁紙，全是碎花——她高中時期最愛的花樣。

就因為那面壁紙，她突然想打個賭。

俞斯南抿著唇，別開目光，聳了聳肩，沒有答話。

「那我試試看吧。怎麼樣？」曾依蓉的語氣上揚。俞斯南愣著，看著手裡的饅頭，只是沉默。

自己都已經惡劣至此，他如果還會不自覺迎合她的要求……光是設想都覺得有趣極了。世界上真的會有這種人嗎？她實在很好奇。

撇除愧疚這份情緒的話，俞斯南對她只有滿滿的反感。可是，就因為愧疚，所以那些反感都顯得過於渺小。如此矛盾而無奈。

他默默地把饅頭塞入口中，桌上那盤荷包蛋連碰都沒有碰過，他站起身，說道：「我走了。以後有什麼事就傳訊息吧。」他覺得自己的聲音，聽起來很遠。

曾依蓉笑得歡快，站起來送他。

打開門的同時，她說了句話：「我也不知道自己會做出什麼要求呢。」她彎著眉角說道，化了淡妝的五官更顯精緻，俞斯南卻總覺得刺眼，只聽見她又繼續說：「所以，你最好有點心理準備吧。啊——那個誰？總之就是你女友，也讓她有點心理準備吧。」句末，她笑意更深。

不等他發話，門已被關上。愣了幾秒，俞斯南才意識到曾依蓉說的「你女友」是指趙一冬。

結束和曾依蓉的談話，俞斯南覺得頭更昏了，世界好像傾了一邊。

他瞇起眼，扶著樓梯扶手，一步步地下樓，只覺得每一步都走得搖晃，踩在臺階上時，有種隨時要墜落的錯覺。

自己大概是開不了車了。他整個人癱坐在樓梯臺階上，吐出一口熱氣，揉著自己發燙的額角，他抿住唇。

發昏之際，他什麼也想不了，唯一想起的只有趙一冬。

他伸出右手循著自己的腿側，去翻找自己的褲子口袋，想找手機。卻發現口袋一片平扁。

他沒帶手機。與此同時，他聽見樓上傳來有人踩著急促腳步衝下來的聲音，迴盪在整座樓梯間裡——

＊＊＊

趙一冬手裡握著自己的手機，撥給俞斯南，接著驚愕地盯著俞斯南放在床頭上、正在作響的手機——這混蛋大叔發著燒是跑到哪裡去了？竟然連手機也沒帶！

她掛掉電話，抱住頭，忍住想要咆哮的衝動。

最後她跑出房間，直直跑到陽臺把自己掛在欄杆上，努力探著頭看遠方有沒有熟悉人影。沒有。

她咬住下唇，心底頓時一股怒氣衝上來，鼓起腮幫子離開欄杆，打開家門直接走出去。

她開門，轉身，準備關門，抬起頭來的同時，赫然看見大叔家裡那面畫滿碎花的牆。

聽完大叔過去的那些痛苦回憶，她終於知道，大叔過得多麼孤獨而悲傷——就因為七年前的那些事，他的人生裡被黑暗籠罩著。

喜歡碎花、喝咖啡時的習慣動作、恐懼引起的過度換氣症……甚至是成為一名老師，他人生裡的每一隅，竟都被七年前的那些痛苦填得即將滿溢。

原來，一個人的愧疚可以到這種程度。把自己人生的色彩全部抹去，轉而填上別人的色彩。

想到這裡，趙一冬頓時覺得眼睛裡湧上一層水霧，她眨了眨眼，趕緊關上門。她倚著門板，長吁了一口氣——

她想起林淑華傳給她的訊息，要她一輩子活在罪惡感之中。有人能夠因為愧疚而將人生填滿黑暗。那麼自己呢？是不是因為自己做得不夠多、贖去的罪不夠深……所以子鈴才一直試圖終結自己的生命？

垂下眼瞼，她邁開腳步，準備去找俞斯南。

看著地板，她踩著步伐——

一步，兩步，三步，她揉揉自己發酸的眼睛。

一步，兩步，三步，她把雙手插到口袋裡。

一步，兩步，三步，她抬起眼來，突然覺得一抹黑影覆上她，她愕然地望著，只覺得黑影越來越近、越來越近——最後，肩膀一沉，伴隨一抹溫熱襲上肩頭。

趙一冬下意識把插在口袋裡的手抽出來，扶住向她倒來的那個人。那個人重量很沉，她一個重心不穩，猛然向後倒去——

向後倒的同時映入眼簾的，是一縷烏黑略長的髮絲在一片蔚藍天空下飛揚著，閃閃發亮——

她想起大叔與她在街角裡接吻時，他垂落額前的髮絲。以及，那幾縷髮絲拂過自己鼻梁時的搔癢觸感。

匆忙之際，她右腳往後一踩，總算沒跌倒。她雙手環繞大叔溫熱的腰際，向前一傾，勉強穩住重心。

「……大叔？」她的聲音有一點悶。

他沒有回答。但她能聽見急促的呼吸聲縈繞耳畔，以及他過熱的鼻息不斷灑落在頸脖之間。

「你還好嗎？你怎麼了？」她皺起眉頭，望著夾雜髮絲的天空，慌張地問著。

俞斯南依舊沒有回答，垂落腿側的手緩緩揚起，輕碰她的兩肩，轉而摩娑停留。趙一冬眸裡流轉著困惑和擔憂，「怎麼了？」

「……我去找曾依蓉了。」他的聲音帶著嘶啞。

趙一冬微瞠雙眸，正想開口問，卻聽俞斯南繼續說道：「因為愧疚，我即使知道她已經對過去那些事情釋懷了，我也無從脫逃。」

趙一冬鼻酸了，「大叔……」

「我總會想，也許她心底深處從來沒釋懷過，只是她以為自己已經放下那些……又或者，我也會想，或許她此刻會變成這樣孤冷的性格，和我當初冷眼看著她被霸凌有關，只是她自己不知道……」大叔的聲音軟得像是一灘水，緩緩流動著，在趙一冬的耳膜上掀起圈圈漣漪。趙一冬緊緊擁住他，沒有說話，只是靜靜聽著。

「我已經被罪惡感毀了，趙一冬。」他說。

聞言，本來在眼眶裡打轉的眼淚倏然掉了出來，趙一冬臉上帶著眼淚，顫抖嘴角開口：「不要亂說——」

「趙一冬，妳說妳愛我，但我現在告訴妳，妳不該愛我的。」他的語氣仍是那樣柔軟，趙一冬聽了卻覺得心如刀割。

「妳爸曾說，我的靈魂在高二那年就賣給了曾依蓉。」他的聲音帶著一絲哽咽，「我一直覺得那句話只是比喻，沒放在心上，直到今天我才曉得，那根本不是比喻。是事實。」

趙一冬抿住嘴唇，努力不讓抽噎聲變得清晰，眼淚淌滿了臉。

俞斯南覆在趙一冬肩側的手，轉而環住趙一冬，緊緊地。他說：「我的胸口有一棵樹，樹枝、樹幹……甚至是它長出來的葉子，全是黑的。那是收據，證明我把靈魂賣給她了——我的人生，我的所有一切，都是她的了。」

趙一冬鬆開嘴唇，眼淚沾在自己的唇上，她舔舔唇，舔到一抹鹹，她緊緊抱著俞斯南，「所以呢？這樣我就不能愛你了嗎？沒關係，不能愛你也沒關係，我幫你把那棵樹拔掉好不好？這樣，你就不會痛苦了——」

聞言，俞斯南只是露出一抹苦笑，「趙一冬……別說了。」

「拔不掉嗎？」她問，「那我當花好不好？」噙著眼淚，趙一冬繼續說，「不是你噩夢裡的那些碎花，而是真正的一朵花，不是黑色的，我長在那棵樹的旁邊，就像煙火一樣閃著光，這樣好不好？」

俞斯南沒有說話，只是含著眼淚。

「你不要不說話啊——」趙一冬整個人都在顫抖，忍不住放聲大哭，「你以為只有你的心裡有樹嗎？我也有啊！」她抽了抽鼻子，「你對曾依蓉懷著愧疚，那麼久，就算贖罪你也已經贖完了，現在不能忘掉那些嗎？不能嗎？快點跟我說可以啊！有樹又怎麼樣？要前進的時候繞過它不就好了？」她哭著，眼淚不斷湧出來。

俞斯南眼裡的眼淚，始終沒有掉出來，心裡那棵樹卻正在震盪——它晃下了許多葉子，枝幹上的葉子越來越少了，像是隨時會光禿一片。

曾依蓉跑下樓，看到他還坐在樓梯間時，面露喜色，喘著大氣說道：「幸好你還沒走！」

俞斯南腦袋一片混沌，他盯著曾依蓉，「做什麼？」

曾依蓉露出一抹笑容，「我想到了。」她頓了頓，喘口氣。

然後，「讓趙一冬離開你吧，」她說，「然後跟我在一起。」說完的同時，曾依蓉笑得更深了。那抹笑容，像是看見獵物時，饜足的笑。

俞斯南愣然地看著她，想要說「妳這瘋子」，卻發現自己一句話也說不出口。心中的樹，底下的根竟好像在無限蔓延，越扎越深，他疼得無法呼吸。皺起眉，他雙眼裡是一片迷濛。

曾依蓉最後一句話，澈底毀了他——

「只要跟我在一起，我就可以完全忘了當年的事情。」她帶著笑容，那口白牙在陰暗的樓梯間裡閃著光亮。

他聽見自己的心臟，被樹根猛然撐開，最後爆裂成碎片的巨響。

「妳走吧，趙一冬。」他顫抖著聲音，吐出這麼一句話。連他自己都沒想過自己會講出的，這麼一句話。

趙一冬全身一震，瞪大了雙眼，眼淚不受控地滑落——

「……為什麼？」帶著近乎崩潰的語調，她問著。

俞斯南閉上雙眼，「曾依蓉……」他話到此停住，沒有繼續下去。

然而，一聽見那個名字，趙一冬就什麼都明白了。她流著眼淚，語調顫抖，「……我知道了。」她喘了口氣，努力壓抑自己的抽噎聲，「我，我會走的。」說完，她整個人顫抖著，眼淚撲簌簌地流下來。

俞斯南的眼淚，也在這一刻倏然墜落。

＊＊＊

趙河接到電話的時候，整個人頓時就傻了。

「趙河老師，趙一冬……要回去了。」音色冰冷，喉間像含了冰塊似地，寒意逼人。

電話裡的俞斯南，讓趙河忍不住想起過去的他。七年前的他，一字一句都是如此，像忘掉了所有情緒，僵硬而死板地吐出音調震著空氣傳入耳裡。

「……發生什麼事了?」趙河聽得出事情非同小可。他坐在補習班辦公室裡，緊緊皺起眉頭。

俞斯南沒有說話，但趙河能聽見透過電話傳來的粗重喘息，他心底泛起一絲擔憂，忍不住問：「斯南，你怎麼了?」

「有點發燒而已。」俞斯南的聲音聽起來縹緲，像隨時會消散在空氣中，「我只是告訴您，她要回家了。」

趙河皺起眉，用耳朵和肩膀夾住手機，轉向一旁的電腦，在鍵盤上敲下幾個字，然後點開高鐵的售票系統，一邊向電話那端說著：「我告訴你，叫她給我乖乖等在那裡，還有你，我不知道發生什麼事了，可是我現在就要去你那邊!誰也不准給我離開!聽到沒?」一口氣說完，趙河直接把電話掛斷，沒留給俞斯南拒絕的一絲機會。過沒多久，手機又再度響起來，他以為是俞斯南，正要掛斷，拿起來的剎那才愕然發現打來的人，是趙一冬。

他接起來，困惑地等著她說話。比說話聲還要早傳入耳朵裡的，是趙一冬的啜泣聲。

趙河整個人一僵，「一冬，妳怎麼了?」

趙一冬走在街頭，不斷抹著眼淚，眼淚卻還是不停掉下來。她想說些什麼，卻抽噎得說不出任何一句話，不停顫抖著——

「一冬，妳到底怎麼了?」趙河語氣充滿擔憂，他從辦公椅上站了起來，兩手抓著手機，焦急地問著。

「我、我好難過……嗚嗚嗚……大叔是白痴啊……嗚嗚嗚——」她腿一軟，整個人癱坐在路邊，「爸爸，我要回家，我想要回家——」哭到最後，她的聲音像被撕扯著，零碎而微弱。

「我現在就坐高鐵上去——」趙河慌張無措，拿起掛在椅背上的外套就是往外頭衝，「妳冷靜一點，有什麼事等我上了臺北再說！妳現在人在外面嗎？喂？趙一冬？」

趙一冬緊緊攥著手機，把臉埋在膝蓋之間，眼淚浸濕了整張臉，她腦袋一片混亂，什麼也想不了。她就這樣坐在路邊，痛哭失聲——

倚在窗邊，俞斯南的臉色慘白。他看著窗外，眼神冰冷，卻有眼淚在裡頭打轉。他抿住唇，抹了一把臉，吐出沉沉的一口氣——

「趙一冬……」他皺起臉，露出一抹苦澀的笑，「不要再回來了。」喃喃著，他說。

直到今天他才知道，原來一個人可以因為愧疚，做到這種程度。

而做到這種程度的自己，似乎已經沒救了，他想著。

與其讓趙一冬看著他走向毀滅，不如讓她早點回到她的世界。

她說愛他的這件事，就當作沒有聽說過吧。

他閉上雙眼，沉甸甸的腦袋靠在牆上，能聽見自己心臟化作碎片，一片片墜落的聲音。

＊＊＊

趙河不停回撥電話，趙一冬卻一直不肯接。最後，他放下了手中的電話，坐上駛向臺北的高鐵，心裡不斷祈禱著希望什麼事情也沒有。

坐在路邊的趙一冬只是把自己的臉埋在膝蓋之間，一動也不動，哭到最後一滴眼淚也流不出來了。

也不曉得過了多久，她才緩緩地把臉抬起來，吸了吸鼻子，眼神呆滯地看著前方，陷入一陣茫然。

直到，有一陣熟悉的聲音在頭頂響起，她抬頭去看。

「一冬姊？」蘇亦弦含著棒棒糖，眼神閃過一絲困惑，把嘴裡的棒棒糖拿了出來，又問：「妳坐在這裡幹嘛？」

「啊，是大野狼啊……真巧。」她眼神灰暗，拍了拍自己身邊的地板，「你也來坐吧。」

蘇亦弦抽了抽眉角，「才不要。」趙一冬聽了，只是看著他，扯出一抹笑，「好吧，那掰掰。」她低下頭，看著被自己眼淚沾濕的褲子，再次吸了吸鼻子。

蘇亦弦看著趙一冬又腫又紅的眼睛，心裡對現下狀況有了底，直接問出口：「和俞斯南吵架？」

趙一冬先是搖搖頭，接著又點點頭，忍不住抱頭喊道：「我不知道啦——別問我。」喊完，她又說：「反正我現在不會再跟他有任何關係了。」

蘇亦弦聽見她的語氣裡帶著滿滿的惆悵，像是無奈。

「這應該也是我們最後一次見面了，大野狼。」她抬起頭來，對他露出一抹笑，「身為大姊姊，我好像該給你一句什麼人生忠告之類的……」她頓了頓，「我的人生忠告就是，絕對不要做出會讓自己後悔的事情。」

蘇亦弦不明所以，棒棒糖重新含入口中。

「因為那會……」她深吸一口氣，氣氛凝重，蘇亦弦一陣愣然。

「那會讓你交不到女朋友，真的。」趙一冬看著他，眼神很是認真。

蘇亦弦瞬間無言以對，咬碎嘴裡的棒棒糖，開口：「哦。」接著轉身，二話不說就走。

看著他的背影，趙一冬忍不住低聲罵了一句「死屁孩」，揉揉自己腫脹的眼睛，嘆了口氣。

她拿起手機，打給爸爸。

爸爸一接起來就是破口大罵：「我說妳這不孝女！掛什麼電話？知不知道我快嚇死了？」趙河氣喘吁吁，坐在旁邊的乘客忍不住看向他，他這才壓低了音量：「到底發生什麼事了？」

她深吸了一口氣，說道：「就是我被退學了然後我住到大叔家然後我現在因為這樣那樣的原因所以被趕出來了……」

趙河眨眨眼，愣然地問：「啊？等等，妳慢慢說啊——」

趙一冬吐了口氣，「第一，我被退學了。」她一說完就把話筒拿遠，等待來自爸爸的咆哮——

然而趙河只是說道：「我知道。然後呢？」

爸爸知道這個？趙一冬嚇得眼睛睜圓了，愣然地繼續說道：「第二，我住到俞斯南家。」

趙河冷靜地回答：「我知道。」

趙一冬眨著眼睛，「然後……我現在被趕出來了。」

「什麼？」趙河倒抽了一口氣，「妳再說一次，什麼被趕出來了？」

趙一冬答道：「你明明就聽到了。我說我被趕出來了，我！被！趕！出！來！了！」她朝著手機大吼。

趙河聽了，急急說道：「我現在在高鐵上了，等我去臺北找他算帳——」

「不要啦！」趙一冬果斷回絕，「我……」她嘆了口氣，語氣裡有著滿滿沮喪，「我只想回家而已。」

趙河有些茫然，正要開口問，又聽見她說了些什麼：「我去車站等你。有什麼事我們回家再說，好不好？」她長吁了一口氣，把自己的臉重新埋到兩膝之間，「我現在真的覺得好累。」

「好，我知道了。」趙河有些擔心，但還是沒繼續問，只是說道：「我們回家再說吧。」

＊＊＊

「我可以搬去你家嗎？」曾依蓉在電話那頭說著，以一種歡快的語氣。

撫著額角，俞斯南在黑暗裡，沉默良久，最後從唇間吐出幾個字：「可以。」毫無情緒地，他說。

曾依蓉的笑聲透過手機傳來，她說道：「那什麼時候方便？明天？後天？」她語氣雀躍得像是明天要去郊遊的學生。俞斯南語氣冰冷，答道：「假日。」說完，他徑自掛斷了電話。

有車子駛過，一瞬的光亮照進漆黑的房間，照亮了俞斯南輪廓分明的臉孔，像含著霜。他將自己埋在枕頭裡，心底空虛得慌。

隔天一早，他熬著眼眶去學校。

他一整晚沒睡，燒了一天也莫名地退了，看似一切都風平浪靜，本該屬於心臟的位置卻空得像能吹進冷風。

一踏進辦公室，他就看見蘇亦弦坐在他的辦公位置上，入神地看著漫畫。俞斯南只是走近，把公事包放到一旁。

蘇亦弦抬起眼來看他，淡淡地說了句：「你和趙一冬分手了？」俞斯南身形微微一滯，愣然地看著蘇亦弦。

斂去驚訝，他緩緩說道：「……我和她不是那種關係。」他打開公事包，翻找一陣，「對了，恭喜你，重獲清白。」

蘇亦弦瞇起眼，「別轉移話題。」他頓了頓，又說：「我昨天在路上看見她了。坐在路邊哭。」

俞斯南微瞠雙眸，手上動作停了下來。

「……謝謝你告訴我。」忍住心底那絲涼意，俞斯南繼續翻找公事包，又說：「但是，我和她已經沒有任何關係了。」

蘇亦弦一愣，「……昨天，她也是這麼說的。」

俞斯南實在受不了了，看向他，問道：「你到底想說什麼？」

蘇亦弦聳聳肩，又說：「你看起來挺好的，好像一點也不傷心。」

俞斯南沒有理會他，只是說：「快要早自習了，你趕緊回去吧。」

「你知道趙一冬之前發生的事嗎？」蘇亦弦問。

看著蘇亦弦，俞斯南薄唇一掀：「什麼意思？」

「看起來好像是不知道。」蘇亦弦說道，頓了頓，「我不知道你們為什麼分開……但是，也許知道這件事以後，你會想要挽留她也不一定。」他緩緩的說著，一字一句卻像羽毛搔在俞斯南的心頭，「她沒說不能告訴別人，所以我選擇告訴你。」蘇亦弦望著他，眼神淡然。

趙一冬窩在被子裡，看著外頭湛藍的天空。臺南不像臺北，總是下雨。然後她又想起了那幾個她在雨中哭泣的日子。每一次，都有俞斯南的身影陪在左右。

說到下雨，徐子鈴也很喜歡雨天。她曾經說過，認識趙一冬的時候就是在雨天，因此每當下雨，她就會想起趙一冬這個人，還有這段深厚的友情，所以她非常喜歡下雨天。

但是，現在她應該不喜歡了吧。趙一冬把臉埋在棉被裡，忍不住想著。

和徐子鈴的最後一次見面，也是雨天。

那時候，子鈴流著眼淚，近乎崩潰地問著：「一冬，告訴我，妳不是那個人，對不對？」

趙一冬只是抿著唇，沉默。

「為什麼不說話？一冬，雖然我們才認識沒多久，但我一直都把你當成最好的朋友……我不相信是妳做的，真的。」哭到最後，徐子鈴整個人差點昏倒，最後在林淑華的攙扶之下，黯然離去。

接著，她收到了學校的退學通知，原因是校園霸凌。校方問她是否對這個處分是否服氣、是否需要申訴時，她果斷拒絕了。

——只要想起一件事，記憶就會像推骨牌一樣，一個個接連憶起。趙一冬搖搖頭，告訴自己不要再想了。

「趙一冬告訴我，她被大學退學的原因，是校園霸凌。」蘇亦弦說道。

俞斯南愕然地瞪大雙眸，搖搖頭，說道：「不可能……」

蘇亦弦揚起一抹笑，意義不明，他又繼續說道：「她說，那個叫徐子鈴的受害者，是她大學入學那天交到的朋友。她們感情非常好……最後，徐子鈴卻因為一整個學期來在網路上的謾罵和羞辱，得了憂鬱症。」

俞斯南嚥了口口水，喉結滾動，「那個人是……」

「趙一冬。」蘇亦弦眼裡閃過一絲光亮，開口。

俞斯南一愣，旋即皺起眉，「不可能。」

手機驀然響起，趙一冬接了起來。

聽了電話那頭說的話，手裡緊握的手機猛然滑落。

——帶著哭腔，歇斯底里地，林淑華說著：「都是妳！都是妳害死我女兒的——嗚嗚嗚……妳這該死的……還我女兒來……」

「當然不可能。」蘇亦弦聳了聳肩，「趙一冬說，真正在網路上霸凌別人的，是她的室友。她室友家裡沒錢給她買筆電，所以都借趙一冬的來用……也因此，當網路警察查到ＩＰ位置的時候，就是趙一冬的電腦。」

俞斯南一陣愕然，「那為什麼……」

「因為愧疚。」打斷了俞斯南的話，蘇亦弦這麼說道，「趙一冬說，她身為徐子鈴的朋友，不該什麼都沒發現，所以她很愧疚——而且，她室友死也不肯認錯，還主動誣賴趙一冬……」蘇亦弦頓了頓，又說：「趙一冬告訴我，她覺得與其讓徐子鈴接受一個不真心的道歉，還不如讓她代替真正的兇手，一輩子對徐子鈴愧疚。」

「一冬、一冬——妳怎麼了？」趙河一臉驚恐，看著倒在房間地板上的趙一冬，他跑近她，只見她滿臉淚水、面色蒼白顫抖著，她眼神失焦地望著爸爸，嗚咽不已：「子鈴……子鈴離開了……都是我害的——如果我早點發現的話……那明明是我的電腦——為什麼我就沒發現呢？為什麼呢？」她嘶吼著，在父親的懷裡，痛哭失聲。

趙一冬想起大叔說的，心口有一棵樹。

現在，她心口也有一棵樹了。直到此時，她才明白，自己安慰大叔的那些話有多愚蠢。她說，長了樹又怎麼樣？繞過它向前進不就好了嗎？直到此時，她才知道，盤根錯結的心魔，阻礙了所有能夠前進的道路，讓他們在原地動彈不得，只能等死。

徐子鈴在陽光下的笑容，再也看不見了。

趙河只是抱著她，即便不知道發生了什麼，卻也跟著哭了起來。然後，他聽見趙一冬喊著：「大叔——嗚嗚嗚——對不起……」

他掏出口袋裡的手機，撥給俞斯南。

俞斯南處在愣然之中，直到蘇亦弦提醒他電話響了，他才拿出手機接了起來。趙河說道：「斯南……你快點來臺南好嗎？」

俞斯南聽不見趙河說了什麼。

——只聽見，夾雜趙河聲音傳來的，趙一冬崩潰的哭吼。

俞斯南幾乎沒有轉過第二個念頭，拿起公事包就是往辦公室外面衝。

＊＊＊

走進趙家，俞斯南喘著氣，「怎麼了？」看著趙河一臉蒼白，他忍不住出聲問道：「趙一冬呢？」

「……你小聲點吧，剛從醫院回來，讓她睡一下。」趙河一邊說，一邊替俞斯南關上門，示意他進客廳。

俞斯南聽了，瞠圓了眼，「醫院？」

趙河搖搖頭，「沒什麼事，只是哭得太慘，差點昏過去……吊了袋點滴就回來了。」

俞斯南抿住唇，不發一語，唇色泛白。

「是因為你嗎？」趙河看著他，問道。俞斯南沉默一陣，才緩緩開口：「我不知道。」

「她不停地喊你，還說什麼子鈴死了……」

「徐子鈴？」俞斯南瞪大雙眼，愕然地望著趙河，「您說的是徐子鈴嗎？」

趙河點點頭，「應該是吧。你知道是誰嗎？」

俞斯南吮住下唇，沒有答話，眼神複雜。趙河見他不說話，也沒再多問了，跟著安靜下來。

過了半晌，趙河打破沉默：「要進去看看她嗎？」

走進趙一冬的房間，映入眼簾的就是趙一冬蒼白如雪的臉。心一揪，俞斯南抬腿走近床沿。

他伸出手，輕輕撫過她的髮絲，忍不住皺起眉頭。

他想起她說的那句話。

「你以為只有你的心裡有樹嗎？我也有啊——」

原來，她的心裡真的也有一棵樹。看著趙一冬修長的睫毛震顫著，他忍不住垂下眼瞼，心裡泛起一股濃重的傷悲。

心口有樹的人，救不了另一個心口也有樹的人。

就連自己，他都救不了……

揚起一抹苦笑，俞斯南俯下身，在趙一冬的額頭落下一吻。

「我好像沒說過，」他的聲音在她的耳畔輕輕落下，「我喜歡妳。很喜歡妳，趙一冬。」

她的確是煙花一樣的存在。

煙花在黑暗的世界裡綻放光彩，照亮他漆黑一片的世界。

——然而，即便煙花給樹枝染上了絢爛，卻帶不走他世界裡的黑暗……

「但是，我們不要再見了吧，趙一冬。」笑著，眼淚不自覺就落了下來。俞斯南再次揉揉她的髮絲。

轉過身，他伸手抹掉眼淚，踏出步伐。

趙河才剛跟著走進來，就看見俞斯南轉身朝著自己迎面走來的身影，趙河不由得一愣，問道：

「你要走了？」

俞斯南點點頭，目光深沉，「……我來過這裡的事，」他頓了頓，「別告訴一冬。」說完，他逕自走出房間。

走出房的剎那，他覺得有什麼猛然抽離自己的心，自己心臟頓時被抽得一乾二淨。

「對了，趙河老師——」俞斯南看著趙河，歉然一笑，「我以後不會再來拜訪您了。」

趙河茫然地，看著他憔悴的背影逐漸遠去。走出趙家，俞斯南的眼淚再度滑落。

——與其抱著彼此心口的那棵樹，心有餘而力不足地望著彼此……不如就此分道揚鑣吧。所以，不要再見了吧，趙一冬。他揚起一抹笑，伸手抹掉淚珠。

他拿出手機，撥通後放到耳畔。

「晚上就搬來。」他說，「我晚上九點去接妳。」說完，他沒有等她回答，逕自掛斷了電話。

男人聽得莫名其妙，把手機拿開耳朵，對著浴室喊了句：「喂，我接了妳的電話，他說什麼晚上就搬去的……」

曾依蓉打開浴室門，煙霧繚繞之中探出頭來，「你說什麼？」她愣了愣，像是恍然想起什麼，「俞斯南？」

男人點點頭，「來電人是這個名字沒錯。」曾依蓉聽了，眉頭一皺，裹著浴巾走出來，指了指門口，「你走吧。」

男人大吃一驚，「走？為什麼？我不是才剛來嗎？」

曾依蓉有些不耐煩了，「不瞞你說，我有男朋友了。」

男人像是覺得荒謬，忍不住笑了，「我認識妳那麼多年，還第一次聽說妳有男友。」

曾依蓉瞪了他一眼，「你快點走啦。」她伸出手推推他，「順便轉告你那幫酒肉朋友，我要搬家了，也不玩了，以後別來找我了！」

男人臉上表情更是驚訝，「妳說什麼？不玩了？哇靠，這真是世紀大新聞……」曾依蓉怒意更甚，想要喊他的名字，才赫然發現她根本不知道對方姓名。

最後，她只能冷著口氣，說道：「你是要不要走？」

然後男人真的走了，一時之間狹小的房子又寬敞了起來。

曾依蓉窩在沙發裡，吐出一口長長的氣——

說要搬家，但其實根本沒什麼好整理的。這房子裡的所有東西，就算全部丟了也無所謂。生活怎麼會這麼無趣呢？她的臉在冰涼的沙發摩娑著。

接著俞斯南因為恐懼而扭曲的神情驀然浮上腦海。

——愛情，原來是這麼脆弱的東西啊。她想著，不自覺露出一抹嘲諷的笑。

愛情這種東西，好像越是接近就越覺深不可測。

——愛情到底能複雜到什麼程度呢？

「真的好有趣啊……」她喃喃，饒富興味地看著天花板，笑道。

晚上的時候，俞斯南果然來了。他就站在車子旁邊，神情涼薄，和曾依蓉先前與他重逢那時截然不同。

曾依蓉忍不住一笑，心臟因為興奮而加速跳動。

她走近他，從軍綠色外套裡掏出菸盒，熟稔地推開。

俞斯南瞟了一眼，沒說話，曾依蓉笑得燦爛，問道：「要來一根嗎？」

俞斯南只是看著，還是不發一語。曾依蓉又晃了晃手中那盒菸，示意他掏一根。

「不用了。」俞斯南別開了臉，抬頭看著夜空。城市裡的夜空總是沒有星星——以前他從沒意識到這點，此刻卻莫名浮現了這樣的想法。

「拿著吧。」曾依蓉露出一抹嬌柔的笑，一邊跟著抬起頭看向天空。

「你總得習慣抽菸的。」曾依蓉重新看向俞斯南，笑意複雜。

俞斯南愣然地看著她。突然讀懂了她話裡的意思，他目光黯了下來。

「請多指教了，俞斯南。」曾依蓉直接從菸盒裡抽出一根菸，遞到他垂落腿側的手中。

——總得習慣這一切的。俞斯南捏緊曾依蓉遞給他的菸，揚起一抹笑。笑裡卻全是苦澀。

＊＊＊

又是冬天。吐出陣陣煙霧，俞斯南倚在窗邊，忍不住想著。

他最討厭的就是冬天。難得地，他嫌惡地擰起眉頭，久違的臉色變化。

「斯南，可以過來一下嗎？」女人的聲音從客廳遙遙傳來。俞斯南斂下緊擰的眉，同時將菸蒂捻熄在菸灰缸裡。

長腿一邁，他走出房外，看見曾依蓉就站在碎花牆前望著他。精緻的五官滿載樂趣，她像是展示一般在他眼前轉了幾圈，笑著問道：「如何？」

俞斯南沉默，一雙眼含著霜看她。

曾依蓉轉得暈了，停下來，忍不住癟起嘴，「我說裙子！裙子！」

原來她說的是裙子。俞斯南沉吟半晌，最後輕輕地點頭。

「我問你覺得怎麼樣呀——」曾依蓉瞪著他。

「妳要出門。」不是問句，而是肯定句。語氣不冷不熱。

「嗯，對。」曾依蓉低下頭去端倪自己的裙子，有一搭沒一搭地捏著布料，「以前工作上的夥伴不知怎麼的，找到我的聯絡方式了，約我出去喝一杯。」

俞斯南沒有說話。

曾依蓉像是想起什麼，眼神飄向那面略帶黃斑的碎花牆，又抬眼看向他。猶豫半晌，她才發話：「三年前，你和那個女孩也是這樣相處的嗎？」她問，又補充道：「這麼死板的。」

「誰？」俞斯南眼神閃過一絲複雜。

「趙一冬。我應該沒記錯名字吧？」曾依蓉笑了起來，眨眨眼睛，又說：「別跟我說你忘記她了。」

「沒忘。」俞斯南答得果斷，瞳孔裡毫無波動，「能忘的話，更好。」

「那你就祈禱自己得個老人癡呆症吧——反正我們都不年輕了。」曾依蓉抬起手摸摸他眼角的細紋，忍不住打趣。

俞斯南沒什麼反應，任她的手指在自己臉上游走摩娑。

突然覺得很乏味，她把手放下來，說道：「俞斯南，你愛我嗎？」

俞斯南從唇齒間吐出那個字：「愛。」

過於果斷的回答，曾依蓉實在忍不住笑，扶著額角笑得歡快，「要嘛是你說謊，要嘛就是愛這種東西無聊透頂。」她望著俞斯南，眼神突然銳利起來，「你猜我相信哪個？」

他沒有答話，一如既往地。曾依蓉習慣了，只是聳聳肩，笑容裡帶著一絲無奈。她提起步伐，走向門口，一邊說道：「我出門了。」

俞斯南眸裡沒有溫度。他舉起手朝她揮了兩下。

曾依蓉一出了門，就被冷風吹得陣陣哆嗦。她抖得厲害，把裙子往下拉了拉，卻還是遮不到什麼，冷得大腿都起了雞皮疙瘩。

她走向馬路，經過俞斯南的車子，忍不住停下腳步，目光流連。「真的是，無聊透頂。」低聲碎念一句，她把頭轉回來，掠過了那臺車，繼續往前走，到對面馬路去攔計程車。

坐上計程車的時候，司機大哥看了看，忍不住多嘴：「小姐，今天很冷呢！妳男朋友沒有提醒妳不要穿短裙嗎？」

曾依蓉仰躺在後座，看著後照鏡裡的司機大哥，下意識笑了。笑得蒼涼。

「就當我沒有男朋友好了，司機大哥。」她苦笑著，又補充：「我就算冷死，也是沒人會多問一句的。」

＊＊＊

俞斯南拉了張椅子，就坐在廚房門口。這個角度，能夠看見很多東西。冬日裡的陽光微微從廚房小窗透出來，他彷彿能看見髮絲在陽光下略顯金黃的顏色。看見的是誰的髮絲，他不願去想。

有些事情他不敢去想。回憶這種東西太沉了，他知道自己一旦翻開扉頁，便無法負荷。

最大的限度，即是偶爾輕輕摺開記憶的一小角，去偷偷地看一眼，一眼就好，只要一眼就好……

——廚房窗口，於他而言，便是這樣的存在。

手機響了。他走出客廳，拿起正在充電的手機，把插頭拔掉，接了起來。電話那頭是一道熟悉的聲音：「喂，俞斯南，我是小胖啦。」

「怎麼了。」俞斯南的聲音不慍不火，問道。

「怎麼了？當然是跟你說新年快樂啊！明天就除夕夜了欸！」小胖興奮地嚷著。

俞斯南這才想起，農曆新年，又要到了。

「嗯。」俞斯南若有似無地答道，又說：「新年快樂。」

小胖聽著，忍不住笑道：「我這八卦王消息實在傳得太慢了！我直到最近才知道你和曾依蓉走一塊了。你們交往多久啦？」

俞斯南一滯，緩緩開口：「不知道。」

小胖在電話那頭翻了個白眼，「你還真會唬，我差點當真了。」他頓了頓，又說：「什麼時候寄喜帖給我啊？」

「……大概不會有吧。」俞斯南轉身，看著那面泛黃的碎花牆。

「怎麼不會有？俞斯南，我們都幾歲啦？三十三了耶——再耗下去就沒後代啦！」小胖碎念著，「這麼一回想，曾依蓉和你從高中就挺曖昧的，你不是還為了她跑去打學姊、結果被記了一支警告嗎？緣份可真是嚇人。」

俞斯南面無表情，只是說道：「你也覺得我和她相配嗎？」

電話那頭愣了愣，半晌才傳來：「……我覺得，挺好的？」小胖聲音有些遲疑，「唉呀！問我幹嘛？你們相愛不就行了？」

俞斯南沒有說話，輕輕將電話掛斷。

＊＊＊

深夜的時候，他躺在床上，聽見房外有什麼東西翻倒在地的悶響。他緩緩坐起身，走出房門。映入眼簾，曾依蓉的頭髮交纏在陌生軀體上，黑暗中男女起伏的弧度看得他眼花撩亂，板凳還倒在地板上輕晃滾動。

俞斯南的眼睛，連一下也沒有眨過，只是靜靜走到牆角，右手輕輕一扳。燈亮了。陌生的男人在慌亂之中，罵了一句粗話，然後拾起衣物竄逃而去。

曾依蓉則揚著一抹笑，躺在客廳沙發上望著他，一雙嬌媚的眸子，饒富興味地看著他。

俞斯南也看著她，清冷的臉上沒有任何波動，過了半晌，他才啟唇：「別帶到家裡。」

曾依蓉微微一詫，接著猛然笑了起來。她笑得歡快，整個人在沙發上翻滾，震得整張沙發搖搖晃晃，她捧著肚子，笑聲越發宏亮，響徹整間屋子。

俞斯南淡然地看著她近乎發狂地笑著，他抬起步伐，正要轉身離去，卻聞她說了些什麼。

「雖然我不懂愛是什麼，」曾依蓉停下笑聲，眼角帶著晶瑩。

俞斯南定住身子，一雙冷眸只是望著她。「但我至少知道，一個說愛妳的男人，看見妳帶著別的男人回家的時候，不會是這樣的反應。」曾依蓉望著他，緩緩從沙發上坐起身。

俞斯南不發一語，和她只是對望著。

「要撒謊你也撒得太假了些。」曾依蓉轉而瞪著他，眸裡有什麼一閃而過。

淡淡地，「妳想說什麼？」俞斯南問。

「我們分手吧。」曾依蓉說，眼淚嘩地掉了下來，「我實在受不了你了，你根本就沒有靈魂。」

俞斯南直到這個時候，才扯出一抹笑，「靈魂？」他歪著頭，問道，眸裡掀起前所未有的憤恨，「妳忘了嗎？是誰親手毀掉我的靈魂。」

曾依蓉微瞠雙眸，愕然地看著他。

「為什麼當初不自己堅強呢？」他鼻酸，「為什麼要仰賴同樣處於弱勢的我去救妳？為什麼？」他的眼淚在眼眶裡打轉著，「我連靈魂都賣給妳了，妳為什麼還不肯放過我？為什麼？」眼淚掉了下來，「甚至連我最後的一點希望，妳都親手毀了。」眼淚一滴滴快速地墜落。

曾依蓉一陣愕然。他長吁了一口氣，抹掉自己的眼淚，「妳要走就走吧。要我說愛妳我也會說，一次兩次一萬次我都說。」他語氣漸冷，「要分手本來就沒必要告訴我，直接帶著東西走就可以了。反正我的整個人生都是妳的了，妳可以像碾碎一隻螞蟻一樣碾碎我。」

曾依蓉看著他，眼淚止不住的滑落。

「怎麼樣？妳想好要怎麼樣了嗎？」他說，揚起一抹冷笑，「我猜，妳應該會選擇讓我繼續說那些謊吧？因為妳覺得很有趣。」

曾依蓉流著眼淚，「我……」她慌了手腳，整個人顫抖著。

「好，那我再說一次吧，我愛妳，我俞斯南他媽的就是愛曾依蓉。」咬牙切齒，俞斯南從齒縫出擠出字字句句，曾依蓉抽噎著，眼神裡有著前所未有的恐懼。

「……對不起。我不知道……」曾依蓉哭著，語調破碎。

最後，曾依蓉什麼也沒說。她摀著臉，痛哭失聲。

俞斯南提起步伐，走向櫃子，拿出一把美工刀。走近那面碎花牆，他目光憤恨地推開刀片，在牆壁上狠狠劃下第一刀。

一刀，兩刀，三刀……他咬著牙，全身都在顫抖，刀片忽然斷了，一半往外飛，劃傷了他的臉頰。

俞斯南丟開手中的刀片，整個人往牆上撞，臉上的傷口將血色印在泛黃的壁紙上。

一下，兩下，三下……曾依蓉抱住了他，哭著要他停下來，說她不會再打擾他的人生。

可是，有些東西已經回不去了。

癱坐在地板上，俞斯南噙著眼淚，雙眼茫然地看著曾依蓉，「煙癮已經戒不掉了，曾依蓉。」他悲從中來，眼淚倏地滑落，「趙一冬已經離開我了……離開我整整三個冬天了！」

曾依蓉哭著，說著對不起。

俞斯南只是把臉埋在兩膝之間，不再說話。

他真的，非常非常討厭冬天。

冬天，真的非常非常討厭——被一整桶冰水澆灌而下的時候，她想著。

她緊閉雙眼，伸手去把臉上的水珠抹掉，接著露出一抹笑容，牙齒打著顫。她抬起頭，張開眼看著眼前的女人，她開口：「子鈴媽媽，您別這樣……」

手裡拿著裝著冰水的桶子，林淑華板著臉，「妳是冷不夠嗎？我裡頭還有好幾桶等著妳！」她口氣冰冷，一副作勢要再進去拿第二桶的模樣。

趙一冬渾身發著抖，把頭垂得更低，緊緊閉著眼睛等待冰水再次澆灌而下。

「妳到底又來這做什麼？三年了，不煩嗎——」摀著臉，林淑華近乎崩潰的語調在趙一冬耳畔響起。趙一冬愕然地看去，只見林淑華帶著哀傷的眼神，看著她。

「每次妳出現在我面前，我總會想，如果子鈴還在的話也許就長得像妳一樣大了，像妳一樣……就像妳一樣。」林淑華流著眼淚，「妳為什麼一直要來這裡？我真的受夠妳了——我求求妳，妳不要再來了好不好？」

趙一冬鼻酸了，眼淚同樣在眼眶打轉，她垂下頭，跪在地板上，「子鈴媽媽，是我對不起妳……我對不起子鈴……」她能感覺寒意透過膝蓋滲入，沒有盡頭。

「妳快走行不行？」林淑華拔高音調，「妳快走好不好……妳快走！妳是要讓我良心不安到什麼時候？」

趙一冬帶著眼淚，困惑地望著她，「……什麼？」

「根本不是妳……為什麼妳要背黑鍋？」林淑華的眼眶紅得深，「到底為什麼？」她問著。

趙一冬頓時一愣，遲了半晌才低下頭，顫抖著說道：「子鈴是我最好的朋友，我那時候每天跟她走在一起，為什麼我都沒有發現她很痛苦呢？為什麼呢？」她哭著，寒風吹來，乾了她的眼淚，淚痕卻又旋即濕潤起來，「如果我早點發現，對她伸出援手，她是不是就不會這樣了呢？」

林淑華扯出一抹苦笑，「妳知道嗎？妳真的是害死我家子鈴的人。」

趙一冬抬眼，噙著淚看著她。

「子鈴接受治療後，我才知道，她最大的痛苦並不是那些子虛烏有的謾罵，」林淑華深吸了口氣，說出最後一句話：「而是源自朋友的背叛。」

趙一冬的眼淚，再度潰堤。

「因為她深深相信妳，所以當她以為網路上那個人是妳的時候，她陷入了更深的痛苦。」林淑華努力維持鎮定，眼淚卻還是不斷墜落，「如果妳不要自以為是、不要耍什麼小聰明，她也許就不會死了。」

趙一冬趴在地板上，「對不起……對不起……都是我——」

林淑華打斷了她：「妳起來吧。」

趙一冬只是繼續說著，「我真的對不起你們——對不起——」

林淑華蹲下身子，把她的臉捧了起來，開口：「妳沒有對不起任何人。」她說，「的確是妳害死了她，妳卻也讓我知道，這個世界上不是沒有愛她的人。」林淑華眼角的淚水，在陽光下閃著光芒，「我曾經恨妳、到現在也無法輕易給予諒解。但是謝謝妳，讓我知道這世界上，有人這麼愛著徐子鈴這個人。有了這麼多的愛，子鈴不枉在這世上走了一遭。她只是得到她該得的愛，回去天堂休息而已。我是這麼相信的。」

趙一冬抽噎著，眼淚不斷湧出眼眶，最後泣不成聲——

她被林淑華攬入懷中。

然後，她聽見林淑華說：「放下妳對子鈴的愧疚吧、而我也放下那些憎恨和痛苦……然後現在，請妳就假裝是我的女兒，抱抱我吧。這樣我就能不再難過了。」

趙一冬掙扎著，舉起手來緊緊抱住林淑華。有一股味道沁入鼻腔，趙一冬說不出那是什麼味道，卻想起了媽媽這個詞。

「媽媽……」她哭著，嘶啞了聲音，腦袋一片混亂。

混亂之中，有個人站在那兒，對她笑著。

趙一冬看不清她是誰，卻知道，她就是媽媽。

然後，她想起了，三年前的冬天，有個男人是這麼問她的：

——妳為什麼要念醫科？

那時，她回答：想成為一名醫生。原因不只是想救人，還有想救自己。

現在，她不是醫生。她卻感覺自己，被自己深深地拯救了。

走在寒風吹來的街角，趙一冬雙手插在口袋裡，濕透的髮絲還不斷滴落水珠，她冷得牙齒打顫。看著招牌又換過一輪的背景，她忍不住一陣唏噓。

這裡，是她和大叔曾經接吻的地方。站在同樣的位置，她輕輕閉上雙眼。

黑暗中，有煙花正在綻放。

她感覺冰冷的唇上有了溫度，逐漸蔓延——

黑暗的樹梢，映上了些許色彩，接著越來越亮。她輕輕睜開雙眼，看見的是一雙深色瞳孔裡，倒映著自己——

最後，煙花給樹梢染上了絢爛，如此奪目。

唇瓣緩緩離開了她，她笑了起來，勾起他的脖子，重新在他唇上覆上一吻——這個吻，很深很深，像是交纏了一輩子。

她很意外，自己感覺到的不是驚喜，而是一種撥雲見日的喜悅。

所以，她在他的耳畔，說著看似毫無關聯的話題：「怎麼剪頭髮了？我一直想幫你剪耶。」

俞斯南露出一抹笑，眼底有著化不開的欣喜，他說：「陪著我等頭髮變長吧，我一定讓妳剪個痛快。」

趙一冬緊緊擁住他，眼淚馬上掉了出來。

俞斯南抵住唇，同樣回擁著她，「對不起。」

「沒關係。」趙一冬的眼淚沾濕了他的肩，「你回來了就好。我們能在一起就很好。」

只消一眼，彼此的目光就能夠燃起火花，成為黑暗中最璀璨的風景。

我們都是彼此的煙花，閃爍光芒映在黑色的枝幹上——儘管只是一剎絢麗，然而那光亮，卻足以照亮漫長的黑夜。

——全文完

要青春33　PG1918

要有光 FIAT LUX

花給樹梢染上絢爛

作　　者　沾　零
責任編輯　林昕平
圖文排版　詹羽彤
封面設計　蔡瑋筠

出版策劃　要有光
發 行 人　宋政坤
法律顧問　毛國樑　律師
印製發行　秀威資訊科技股份有限公司
114台北市內湖區瑞光路76巷65號1樓
電話：+886-2-2796-3638　傳真：+886-2-2796-1377
http://www.showwe.com.tw
劃撥帳號　19563868　戶名：秀威資訊科技股份有限公司
讀者服務信箱：service@showwe.com.tw
展售門市　國家書店（松江門市）
104台北市中山區松江路209號1樓
電話：+886-2-2518-0207　傳真：+886-2-2518-0778
網路訂購　秀威網路書店：https://store.showwe.tw
國家網路書店：https://www.govbooks.com.tw
總 經 銷　聯合發行股份有限公司
231新北市新店區寶橋路235巷6弄6號4F
電話：+886-2-2917-8022　傳真：+886-2-2915-6275

出版日期　2018年7月　BOD一版
定　　價　280元

國家圖書館出版品預行編目

花給樹梢染上絢爛 / 沾零著. -- 一版. -- 臺北市 : 要有光, 2018.07
面；　公分
BOD版
ISBN 978-986-96321-9-5(平裝)

857.7　　107010469

讀者回函卡

感謝您購買本書，為提升服務品質，請填妥以下資料，將讀者回函卡直接寄回或傳真本公司，收到您的寶貴意見後，我們會收藏記錄及檢討，謝謝！如您需要了解本公司最新出版書目、購書優惠或企劃活動，歡迎您上網查詢或下載相關資料：http:// www.showwe.com.tw

您購買的書名：____________________

出生日期：________年________月________日

學歷：□高中（含）以下　□大專　□研究所（含）以上

職業：□製造業　□金融業　□資訊業　□軍警　□傳播業　□自由業

□服務業　□公務員　□教職　□學生　□家管　□其它_____

購書地點：□網路書店　□實體書店　□書展　□郵購　□贈閱　□其他

您從何得知本書的消息？

□網路書店　□實體書店　□網路搜尋　□電子報　□書訊　□雜誌

□傳播媒體　□親友推薦　□網站推薦　□部落格　□其他__________

您對本書的評價：（請填代號　1.非常滿意　2.滿意　3.尚可　4.再改進）

封面設計____　版面編排____　內容____　文／譯筆____　價格____

讀完書後您覺得：

□很有收穫　□有收穫　□收穫不多　□沒收穫

對我們的建議：____________________

____

____

____

請貼
郵票

11466
台北市內湖區瑞光路 76 巷 65 號 1 樓
秀威資訊科技股份有限公司 收
BOD 數位出版事業部

（請沿線對折寄回，謝謝！）

姓　　名：＿＿＿＿＿＿＿＿　年齡：＿＿＿＿　性別：□女　□男

郵遞區號：□□□□□

地　　址：＿＿＿＿＿＿＿＿＿＿＿＿＿＿＿＿

聯絡電話：(日) ＿＿＿＿＿＿＿＿ (夜) ＿＿＿＿＿＿＿＿

E-mail：＿＿＿＿＿＿＿＿＿＿＿＿＿＿＿＿